零基礎！
超好學
旅遊・生活
日語 初級

陳怡如 著
長谷川良成、小出清一 審訂

作者序

　　在台灣，學習日文的人口眾多，無論是工作所需，或者是純粹喜歡日本文化、動漫、美食等，無論理由為何，日本一直是台灣人國外旅遊的首選。因此，既然要學日語，為何不一開始就學習可以學以致用於旅遊及生活的日語呢？

　　有鑑於此，本書精心整理在日本旅遊時及生活中最常用的句子，且每個句子都是以讓初學者好記好學的短句為出發點，以便讀者在需要時能夠輕鬆開口說。除了旅遊及生活用語之外，更補充簡易清楚、多元豐富的句型，以及好記實用的單字，希望學習者在學習日語上能以簡單化、生活化、實用化為前提，進而達到輕鬆愉快、循序漸進的學習。因此，本書特別強調只要運用簡單的基礎日語，也能生動地運用在實際旅遊及生活上；可以輕鬆掌握日語學習竅門，打好基礎並提升日語能力。如此一來，不僅達到溝通的效果，也能奠定日語檢定之能力，將學習發揮到最高點，日語輕鬆上手。

　　從事日語教學多年，心心念念的是期望自己能對日語教學略盡棉薄之力，衷心期盼所有讀者，可以藉由此書，激發更多的學習興趣，提升說日語的勇氣和信心，事半功倍地學習到有趣實用的日語，並活用在日本文化探索旅程中。

　　在此非常感謝瑞蘭國際出版的專業團隊，協力完成這本書的編輯及出版。

如何使用本書

《零基礎!超好學旅遊‧生活日語 初級》用最簡單、最好懂、最好記的方式學習日語,讓您靈活使用於日常,旅遊、生活更便利!跟著本書,輕鬆掌握實用日語!

日語假名習寫
每個假名皆設計方格讓您可以跟著範例習寫,附上筆順標示、音檔,邊寫邊聽,五十音一次學會!

音檔序號
日籍名師錄製標準東京腔,配合音檔學習,聽、說一次搞定!

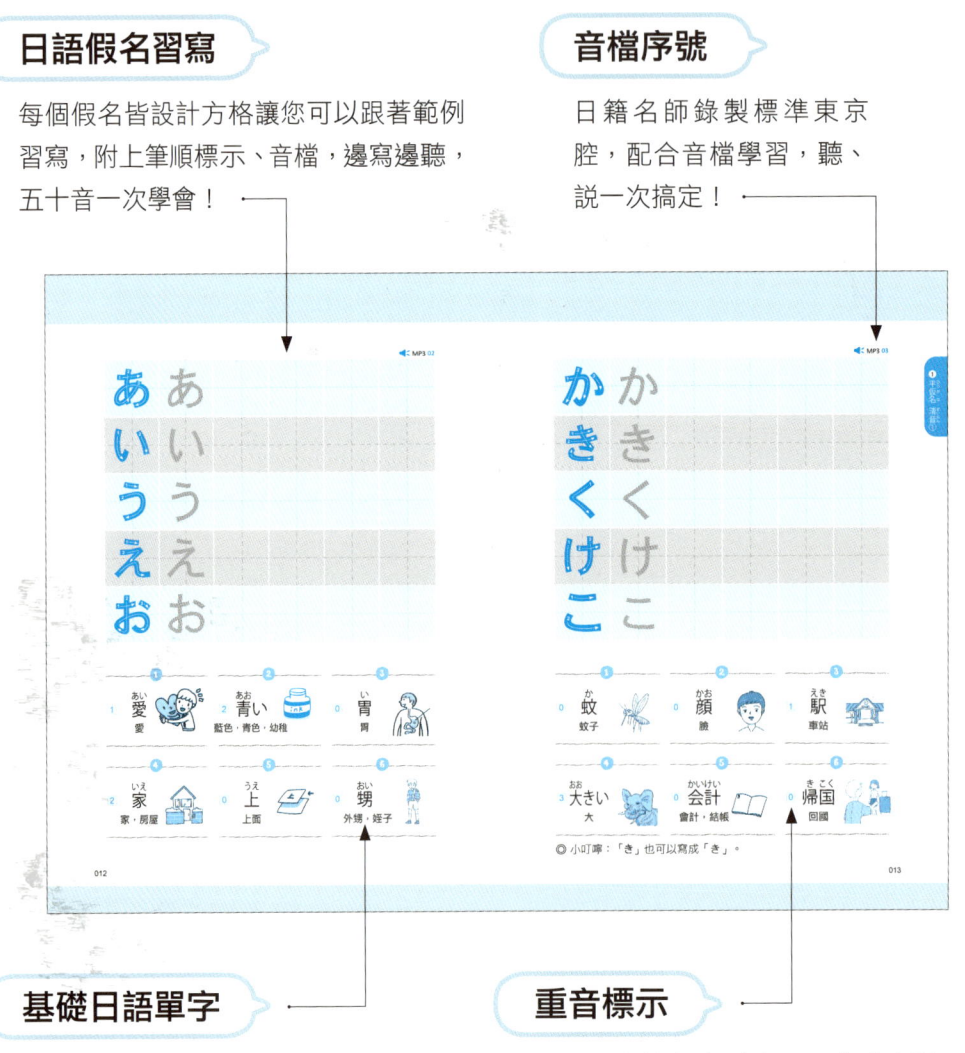

基礎日語單字
列出基礎日語單字,附上重音標示、中文翻譯、精美插圖,好記好學!

重音標示
每個單字皆標出重音,跟著重音開口說日語,清楚又標準!

文法時間

運用生活中最常用的人、事、時、地、物等字彙,導入簡易清楚的句型,原來日語文法一點都不難!

會話大聲講

每課都有輕鬆易學、簡單又實用的生活會話,用日語溝通無障礙!

延伸學習

用多樣、有趣的例句,學習如何應用於日常,增加日語知識力!

好記實用的單字一起學!

從熟悉的漢字出發,延伸學習實用的單字群,記憶更容易!

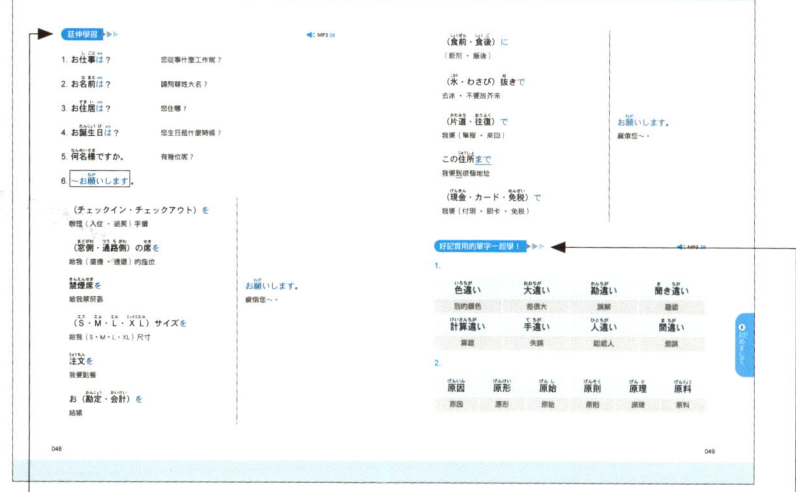

005

翻譯寫寫看

翻譯寫寫看,並附有解答,課後馬上練習,成果驗收不費力!

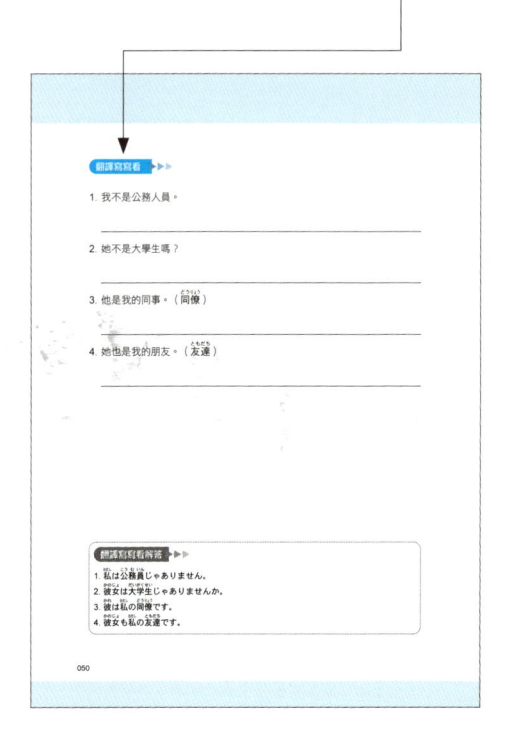

如何掃描 QR Code 下載音檔

1. 以手機內建的相機或是掃描 QR Code 的 App 掃描封面的 QR Code。
2. 點選「雲端硬碟」的連結之後,進入音檔清單畫面,接著點選畫面右上角的「三個點」。
3. 點選「新增至「已加星號」專區」一欄,星星即會變成黃色或黑色,代表加入成功。
4. 開啟電腦,打開您的「雲端硬碟」網頁,點選左側欄位的「已加星號」。
5. 選擇該音檔資料夾,點滑鼠右鍵,選擇「下載」,即可將音檔存入電腦。

目次

作者序 ▶▶▶ 003

如何使用本書 ▶▶▶ 004

lesson 1 第一課
平仮名 清音① ｜ 平假名　清音① … 011

lesson 2 第二課
平仮名 清音② ｜ 平假名　清音② … 015

lesson 3 第三課
平仮名 清音③・鼻音 ｜ 平假名　清音③・鼻音 … 019

lesson 4 第四課
平仮名 長音 ｜ 平假名　長音 … 023

lesson 5 第五課
平仮名 濁音・半濁音・拗音・促音 ｜ 平假名　濁音・半濁音・拗音・促音 … 025

lesson 6 第六課
片仮名 ｜ 片假名 … 035

lesson 7 第七課
挨拶用語 ｜ 寒暄用語 … 043

lesson 8 第八課
はじ
初めまして。｜初次見面。　　　　　　　　　　　　　　**045**
（〜お願いします・〜違い・原〜）

lesson 9 第九課
なん
これは　何ですか。｜這個是什麼呢？　　　　　　　　　**051**
（〜を下さい・予〜・意〜）

lesson 10 第十課
わたし　がっこう
ここは　私の学校です。｜這裡是我的學校。　　　　　　**057**
（〜まで・〜どこですか・〜室・〜券）

lesson 11 第十一課
えいが　　　　　　　　おもしろ
この映画は　とても　面白いです。｜這部電影非常有趣。　**065**
（〜より・もう少し〜・ちょっと〜・い形容詞的過去式・電〜・感〜）

lesson 12 第十二課
かれ　にほんご　　　　　　　　じょうず
彼の日本語は　とても　上手です。｜他的日語非常好。　　**073**
（どんな〜・どの〜・〜気・有〜）

lesson 13 第十三課
おお
大きく なりましたね。｜長大了喔。　　　　　　　　　**081**
（形容詞＋動詞・形容詞＋形容詞・交～・優～）

lesson 14 第十四課
きょう　　なんようび
今日は 何曜日ですか。｜今天是星期幾呢？　　　　　**089**
なんじ　　　　　　　　　　　　なん　まい　せん　こん　らい
（何時～・～から～まで・何～・毎～・先～・今～・来～）

lesson 15 第十五課
せんせい　　いま
先生は 今 どこに いますか。｜老師現在在哪裡呢？　**095**
　　　　　　　　　　　　いろ　　　　　　　　　　　くう
（～にいる・～にある・～色・～でしょう・ある～・空～）

lesson 16 第十六課
あした　ひこうき　　にほん　　い
明日 飛行機で 日本へ 行きます。｜明天搭飛機去日本。　**103**
　　　　　　　　　　　　　　　　　　　　　　　しょく
（で：交通工具、動態場所・へ：方向助詞・に：移動的目的・～食～・
ほうだい
～放題）

附錄 ▶▶▶

1. 日語音韻表	**112**
2. 時間概念	**114**
3. 數字與量詞	**129**
4. 家庭樹與身體	**141**
5. 常見的中文姓氏唸法	**145**
6. 常見的日文姓氏唸法	**147**
7. 形容詞廣場	**149**

第一課 (だいいっか) | 平仮名 (ひらがな) 清音 (せいおん) ①

清音 (せいおん) MP3 01

あ a	い i	う u	え e	お o
か ka	き ki	く ku	け ke	こ ko
さ sa	し shi	す su	せ se	そ so
た ta	ち chi	つ tsu	て te	と to
な na	に ni	ぬ nu	ね ne	の no
は ha	ひ hi	ふ hu	へ he	ほ ho
ま ma	み mi	む mu	め me	も mo
や ya		ゆ yu		よ yo
ら ra	り ri	る ru	れ re	ろ ro
わ wa				を o
ん n				

011

🔊 MP3 02

あ	あ					
い	い					
う	う					
え	え					
お	お					

①
[1] あい
愛
愛

②
[2] あお
青い
藍色,青色,幼稚

③
[0] い
胃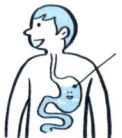
胃

④
[2] いえ
家
家,房屋

⑤
[0] うえ
上
上面

⑥
[0] おい
甥
外甥,姪子

012

① 平仮名 清音①

かきくけこ

① か ⓪ 蚊 蚊子 	② かお ⓪ 顔 臉 	③ えき ① 駅 車站 
④ おお ③ 大きい 大 	⑤ かいけい ⓪ 会計 會計，結帳 	⑥ きこく ⓪ 帰国 回國 

◎ 小叮嚀：「き」也可以寫成「き」。

さ さ
し し
す す
せ せ
そ そ

①	②	③
⓪ さけ 酒  酒	② しお 塩  鹽	⓪ すいか 西瓜  西瓜

④	⑤	⑥
⓪ いす 椅子  椅子	② せき 咳  咳嗽	⓪ そうけい 総計  總計，總共

◎ 小叮嚀：「さ」也可以寫成「さ」。

lesson 2 第二課(だいにか) | 平仮名(ひらがな) 清音(せいおん)②

MP3 05

た	た				
ち	ち				
つ	つ				
て	て				
と	と				

1
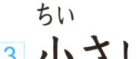
[3] 小(ちい)さい 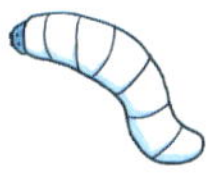
小

2
[0] 地下鉄(ちかてつ) 
地下鐵

3
[2] 暑(あつ)い
熱

4
[2] 靴下(くつした)
襪子

5
[0] 警察(けいさつ)
警察

6
[0] 時計(とけい)
鐘錶

015

な
に
ぬ
ね
の

① さかな ⓪ 魚  魚	② かに ⓪ 蟹  螃蟹	③ におい ② 匂い  氣味
④ にく ② 肉  肉	⑤ いぬ ② 犬  狗	⑥ ねこ ① 猫  貓

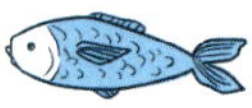

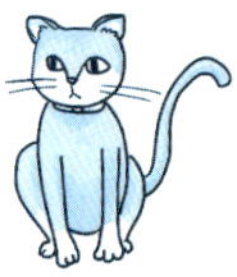

は	は					
ひ	ひ					
ふ	ふ					
へ	へ					
ほ	ほ					

2 平仮名 清音②

1

1 はは
母
母親

2

0 ひと
人
人

3

2 ふく
服
衣服

4

0 さいふ
財布
錢包

5

2 へた
下手
笨拙，不高明

6

0 ほし
星
星星

lesson 3

第三課 （だいさんか） | 平仮名 清音③・鼻音

 MP3 08

ま	ま				
み	み				
む	む				
め	め				
も	も				

1
[3] あたま 頭
頭，腦袋

2
[2] みせ 店
商店

3
[0] かたみち 片道
單程

4
[2] さむ 寒い
冷

5
[1] あめ 雨
雨

6
[2] の もの 飲み物
飲料

019

や や

ゆ ゆ

よ よ

1
② 部屋（へや）
房間
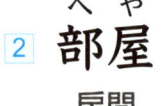

2
⓪ 野菜（やさい）
蔬菜

3
② 安い（やすい） 
便宜

4
⓪ お湯（ゆ）
開水，熱水

5
② 雪（ゆき）
雪

6
⓪ 予約（よやく）
預約

🔊 MP3 10

ら	ら				
り	り				
る	る				
れ	れ				
ろ	ろ				

③ 平仮名 清音③・鼻音

1
0 お皿
さら
盤子

2
1 枕
まくら
枕頭

3
0 鶏肉
とりにく
雞肉

4
1 夜
よる
晚上

5
2 黒い
くろ
黑，黑色

6
2 白い
しろ
白，白色

021

① わしつ
⓪ 和室
日式房間

② わす もの
⓪ 忘れ物
遺失品，遺忘的東西

③ て あら
⓪ 手を洗う
洗手

鼻音 ▶▶▶

① うんちん
① 運賃
車資，運費

② おんせん
⓪ 温泉
溫泉

③ てんいん
⓪ 店員
店員

④ ふ とん
⓪ 布団
被子

lesson 4 第四課（だいよんか）　平仮名（ひらがな） 長音（ちょうおん）

長音（ちょうおん）

MP3 12

a-a

2 お母（かあ）さん
母親，令堂

i-i

2 お兄（にい）さん
對哥哥、大伯、姊夫的敬稱

3 美味（おい）しい
好吃

u-u

1 空気（くうき）　空氣
0 空港（くうこう）　機場
0 空席（くうせき）　空位
0 空車（くうしゃ）　空車

e-e

2 お姉（ねえ）さん
對姊姊、大姑、大姨子、嫂嫂的敬稱

e-i

1 0 映画（えいが）　電影
0 時計（とけい）　鐘錶
0 警察（けいさつ）　警察
3 先生（せんせい）　老師

0 学生（がくせい）　學生
0 英語（えいご）　英語

o-o

1 多（おお）い　多
0 遠（とお）い　遠
0 氷（こおり）　冰

o-u

4 妹（いもうと）　妹妹
4 弟（おとうと）　弟弟
2 お父（とう）さん　父親，令尊
0 銀行（ぎんこう）　銀行
0 往復（おうふく）　來回

比較

 ⓪ おばさん
伯母，嬸嬸，姑姑，阿姨，舅媽，對中年婦女的敬稱

 ⓪ おじさん
伯父，叔叔，姑丈，姨丈，舅舅，對男性長輩的敬稱

 ② おばあさん
祖母，外婆，對老太太的敬稱

 ② おじいさん
祖父，外公，對老爺爺的敬稱

 ⓪ 家（いえ）
家

 ② 雪（ゆき）
雪

 ② 夢（ゆめ）
夢

 ③ いいえ
不

 ① 勇気（ゆうき）
勇氣

 ⓪ 有名（ゆうめい）
有名

lesson 5 第五課 | 平仮名　濁音・半濁音・拗音・促音

濁音・半濁音

MP3 13

	a	i	u	e	o
g	が ga	ぎ gi	ぐ gu	げ ge	ご go
z	ざ za	じ ji	ず zu	ぜ ze	ぞ zo
d	だ da	ぢ ji	づ zu	で de	ど do
b	ば ba	び bi	ぶ bu	べ be	ぼ bo
p	ぱ pa	ぴ pi	ぷ pu	ぺ pe	ぽ po

濁音

MP3 14

が	が
ぎ	ぎ
ぐ	ぐ
げ	げ
ご	ご
ざ	ざ
じ	じ
ず	ず
ぜ	ぜ
ぞ	ぞ

だ	だ
ぢ	ぢ
づ	づ
で	で
ど	ど
ば	ば
び	び
ぶ	ぶ
べ	べ
ぼ	ぼ

半濁音

🔊 MP3 15

⑤ 平仮名 濁音・半濁音・拗音・促音

027

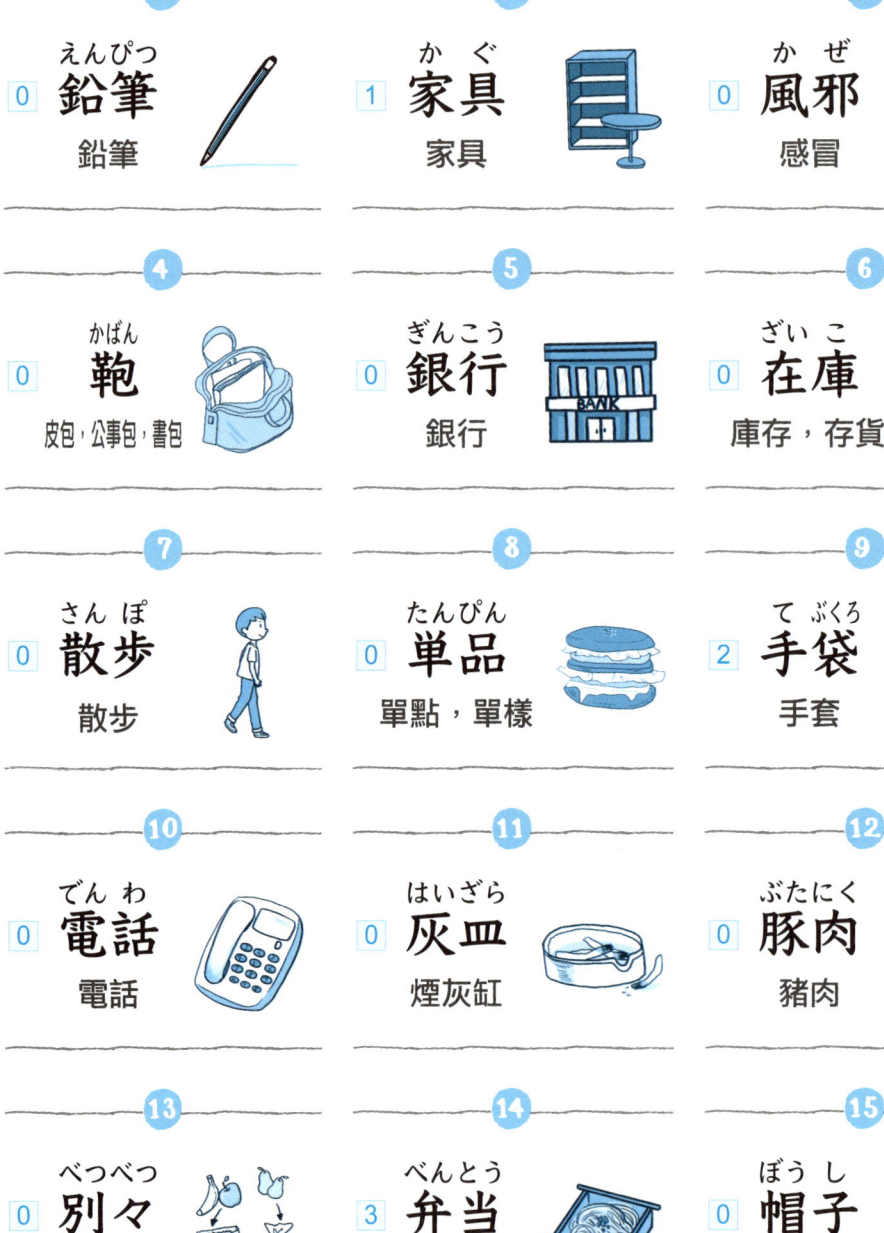

#	假名	漢字	中文
1	えんぴつ ⓪	鉛筆	鉛筆
2	かぐ ①	家具	家具
3	かぜ ⓪	風邪	感冒
4	かばん ⓪	鞄	皮包，公事包，書包
5	ぎんこう ⓪	銀行	銀行
6	ざいこ ⓪	在庫	庫存，存貨
7	さんぽ ⓪	散歩	散步
8	たんぴん ⓪	単品	單點，單樣
9	てぶくろ ②	手袋	手套
10	でんわ ⓪	電話	電話
11	はいざら ⓪	灰皿	煙灰缸
12	ぶたにく ⓪	豚肉	豬肉
13	べつべつ ⓪	別々	分開，各別
14	べんとう ③	弁当	便當，飯盒
15	ぼうし ⓪	帽子	帽子

拗音

きゃ	きゅ	きょ	りゃ	りゅ	りょ
kya	kyu	kyo	rya	ryu	ryo
しゃ	しゅ	しょ	ぎゃ	ぎゅ	ぎょ
sha	shu	sho	gya	gyu	gyo
ちゃ	ちゅ	ちょ	じゃ	じゅ	じょ
cha	chu	cho	ja	ju	jo
にゃ	にゅ	にょ	びゃ	びゅ	びょ
nya	nyu	nyo	bya	byu	byo
ひゃ	ひゅ	ひょ	ぴゃ	ぴゅ	ぴょ
hya	hyu	hyo	pya	pyu	pyo
みゃ	みゅ	みょ			
mya	myu	myo			

❺ 平仮名 濁音・半濁音・拗音・促音

きゃ	きゃ				にゃ	にゃ		
きゅ	きゅ				にゅ	にゅ		
きょ	きょ				にょ	にょ		
しゃ	しゃ				ひゃ	ひゃ		
しゅ	しゅ				ひゅ	ひゅ		
しょ	しょ				ひょ	ひょ		
ちゃ	ちゃ				みゃ	みゃ		
ちゅ	ちゅ				みゅ	みゅ		
ちょ	ちょ				みょ	みょ		

りゃ	りゃ		
りゅ	りゅ		
りょ	りょ		

ぎゃ	ぎゃ		
ぎゅ	ぎゅ		
ぎょ	ぎょ		

じゃ	じゃ		
じゅ	じゅ		
じょ	じょ		

びゃ	びゃ		
びゅ	びゅ		
びょ	びょ		

ぴゃ	ぴゃ		
ぴゅ	ぴゅ		
ぴょ	ぴょ		

❺ 平仮名 濁音・半濁音・拗音・促音

❶ ③ かんじょう **勘定** 結帳 	❷ ⓪ きゃく **客** 客人 	❸ ⓪ ぎゅうにく **牛肉** 牛肉 
❹ ① しゅじん **主人** 主人，丈夫 	❺ ① しゅふ **主婦** 主婦 	❻ ⓪ しゅしょく **主食** 主食 
❼ ⓪ しょくじ **食事** 吃飯，餐，飲食 	❽ ⓪ しょくどう **食堂** 餐廳，食堂 	❾ ⓪ しょくひん **食品** 食品 
❿ ⓪ じょせい **女性**／⓪ だんせい **男性** 女性／男性 		⓫ ①③ そうりょう **送料** 運費 
⓬ ② ちゃわんむし **茶碗蒸し** 茶碗蒸 	⓭ ⓪ にゅういん **入院** 住院 	⓮ ⓪ にゅうか **入荷** 進貨 

15
⓪ にゅうがく
入学
入學
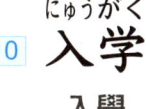

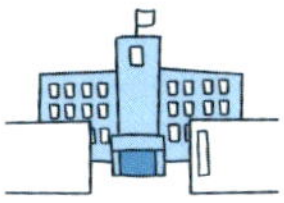

16
⓪ びょういん
病院
醫院

17
⓪ びょうき
病気
疾病

18
⓪ むりょう ／ ⓪ ゆうりょう
無料／有料
免費／收費

19
① りょうきん
料金
費用

20
① りょうり
料理
料理，做菜，菜餚

21
① りょうしん
両親
父母，雙親

促音 ▶▶  MP3 19

1
⓪ がっこう 学校
學校

2
⓪ きって 切手
郵票

3
⓪ きっぷ 切符
（乘車、飛機、入場等用的）票

4
⓪ ざっし 雑誌
雜誌

5
⓪ しゅっぱつ 出発
出發

6
⓪ せっけん 石鹸
香皂

比較 ▶▶

 ② おと 音
聲音

 ⓪ おっと 夫
丈夫

 ② スパイ
① 間諜，特務

 ③ すっぱい 酸っぱい
酸

 ① きて 来て
過來

 ⓪ きって 切手
郵票

第六課 片仮名

清音

MP3 20

ア	イ	ウ	エ	オ
a	i	u	e	o
カ	キ	ク	ケ	コ
ka	ki	ku	ke	ko
サ	シ	ス	セ	ソ
sa	shi	su	se	so
タ	チ	ツ	テ	ト
ta	chi	tsu	te	to
ナ	ニ	ヌ	ネ	ノ
na	ni	nu	ne	no
ハ	ヒ	フ	ヘ	ホ
ha	hi	hu	he	ho
マ	ミ	ム	メ	モ
ma	mi	mu	me	mo
ヤ		ユ		ヨ
ya		yu		yo
ラ	リ	ル	レ	ロ
ra	ri	ru	re	ro
ワ				ヲ
wa				o
ン				
n				

ア	ア			サ	サ		
シ	イ			シ	シ		
ウ	ウ			ス	ス		
エ	エ			セ	セ		
オ	オ			ソ	ソ		
カ	カ			タ	タ		
キ	キ			チ	チ		
ク	ク			ツ	ツ		
ケ	ケ			テ	テ		
コ	コ			ト	ト		

ナ	マ
ニ	ミ
ヌ	ム
ネ	メ
ノ	モ
ハ	ヤ
ヒ	
フ	ユ
ヘ	
ホ	ヨ

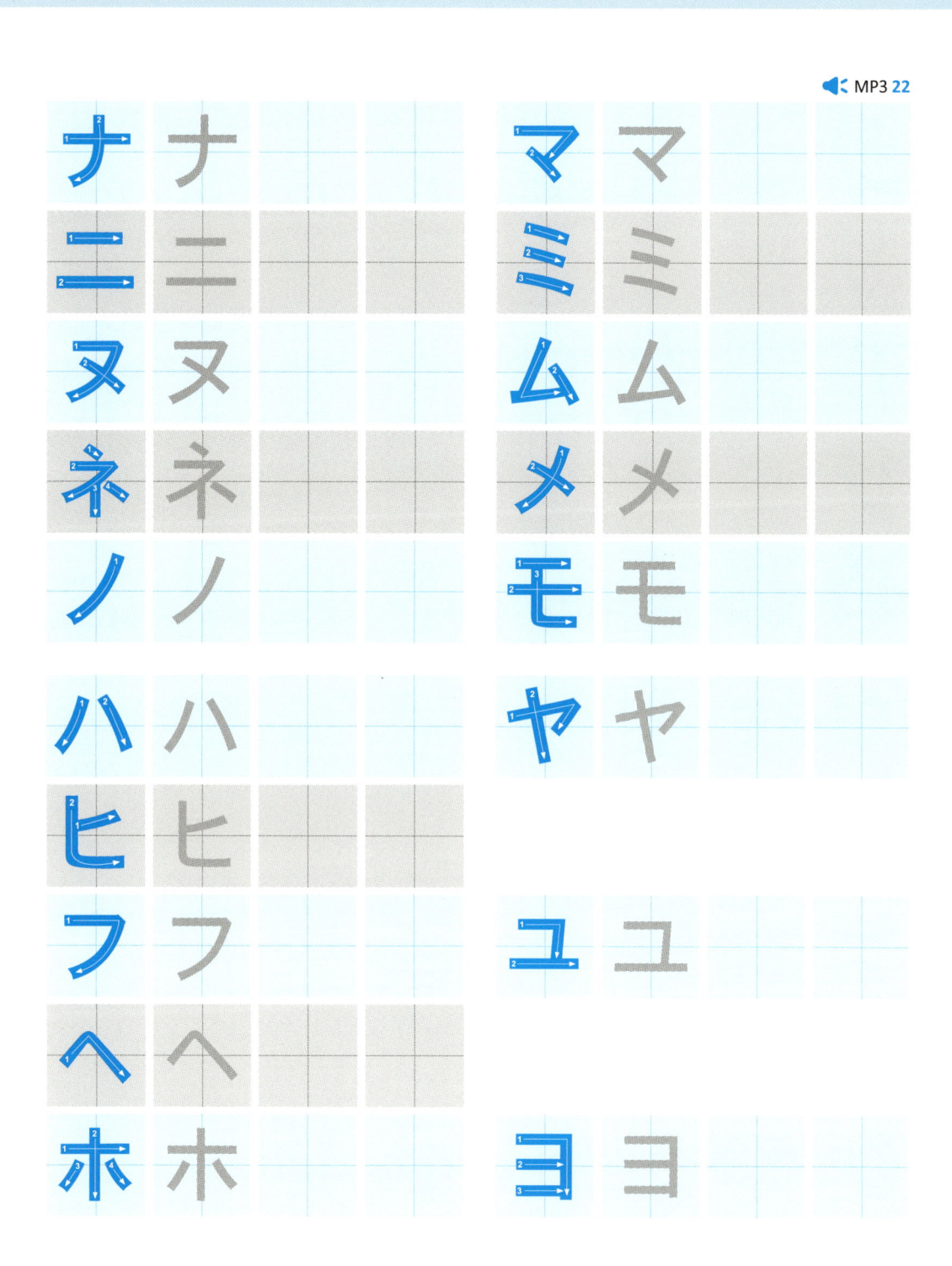

MP3 23

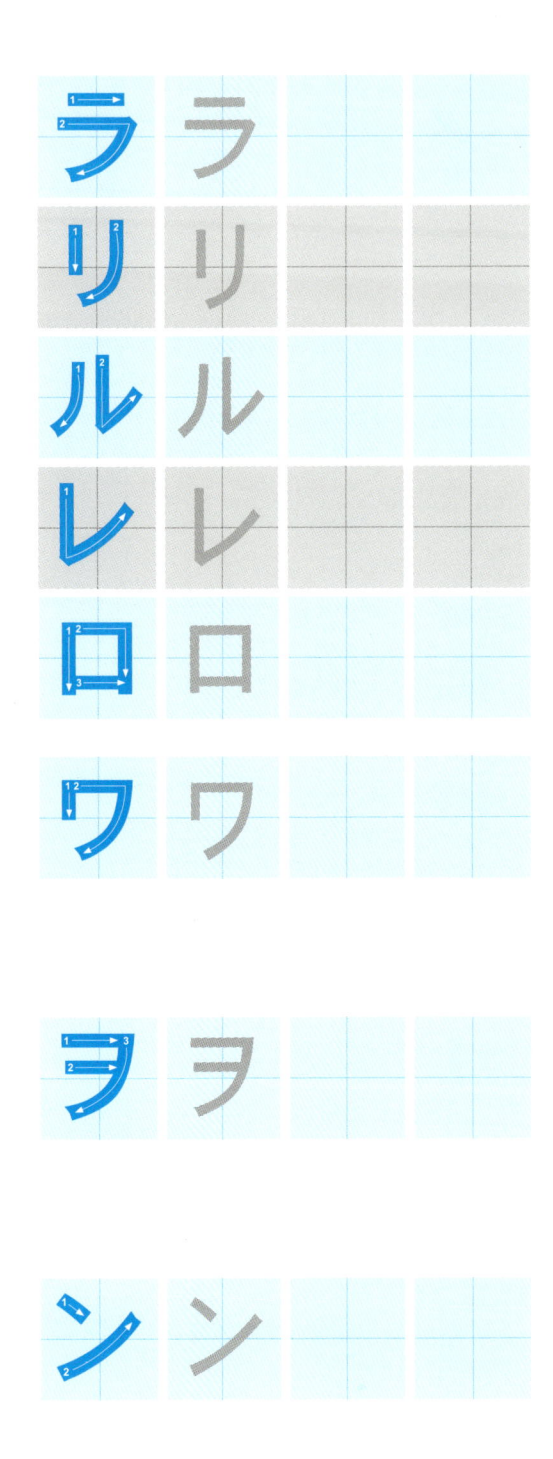

ラ	ラ		
リ	リ		
ル	ル		
レ	レ		
ロ	ロ		
ワ	ワ		

ヲ	ヲ		

ン	ン		

1 ⑤ アイスクリーム 冰淇淋	**2** ⓪ アイロン 熨斗	**3** ③ ウーロン茶 烏龍茶
4 ⓪ エアコン 空調	**5** ① オーダー 點餐，訂購	**6** ③⓪ カフェラテ 咖啡拿鐵
7 ③ カミソリ 刮鬍刀	**8** ⑤ シャワーキャップ 浴帽	**9** ① キャンセル 取消
10 ① クッキー 餅乾	**11** ⓪① グッズ 商品	**12** ① ケーキ 蛋糕
13 ① ゲート 登機門，大門	**14** ① コーラ 可樂	**15** ⓪ コップ 杯子
16 ① サラダ 沙拉	**17** ① シャンプー 洗髮精	**18** ① ジュース 果汁
19 ① ショッピング 購物	**20** ①② シロップ 糖漿，果糖	**21** ② スイーツ 甜食

22　④ スーツケース　行李箱	**23**　① スープ　湯	**24**　② ステーキ　牛排
25　② スプーン　湯匙	**26**　⓪ スマホ　智慧型手機	**27**　①② スリッパ　拖鞋
28　① セール　特價	**29**　① ソース　醬汁	**30**　① ターミナル　航廈
31　① タオル　毛巾	**32**　① チーズ　起司	**33**　② チキン　雞肉
34　①② チケット　票	**35**　① チャージ　儲值，充電，收費	**36**　① チャーハン　炒飯
37　① ツアー　旅遊	**38**　① ティッシュ　面紙	**39**　① ディナー　晚餐
40　③ ティーバッグ　茶包	**41**　② デザート　餐後甜點	**42**　⑥ トイレットペーパー　廁所衛生紙

㊸ ⑥ ドラッグストア 藥妝店	㊹ ② ドリンク 飲料	㊺ ① ナイフ 刀
㊻ ③ パスポート 護照	㊼ ① ハム 火腿	㊽ ① ハンガー 衣架
㊾ ④ ハンドソープ 洗手乳	㊿ ① ビーフ 牛肉	51 ③ 生(なま)ビール 生啤酒
52 ① ビザ 簽證	53 ① ピザ 披薩	54 ① ビジネス 商務
55 ① フォーク 叉子	56 ② プレゼント 禮物	57 ④ ヘアドライヤー 吹風機
58 ③ ベジタリアン 素食	59 ⑥④ ホットコーヒー 熱咖啡	60 ① ホテル 飯店
61 ③ ボディソープ 沐浴乳	62 ① ミディアム （牛排）五分熟	63 ④ ミルクティー 奶茶

❻ 片仮名(かたかな)

64 ① メイン
主菜，主要

65 ① メニュー
菜單

66 ① ライス
米飯

67 ① ランチ
午餐

68 ⓪ リモコン
遙控器

69 ① リンス
潤絲精

70 ① レア
（牛排）三分熟，珍貴

71 ② レモンティー
檸檬紅茶

72 ③ <ruby>赤<rt>あか</rt></ruby>ワイン
紅酒

73 ③ <ruby>白<rt>しろ</rt></ruby>ワイン
白酒

lesson 7 第七課 (だいななか) | 挨拶用語 (あいさつようご)
寒暄用語

🔊 MP3 25

1. おはようございます。
   早安。

2. こんにちは。
   午安。您好。

3. こんばんは。
   晚安。（相見時的問候語）

4. お休（やす）みなさい。
   晚安。（道別時說的）

5. では、また／じゃあ、またね／じゃあね／バイバイ！
   再見！（日本人其實不太說「さようなら」喔！）

6. じゃあ、また（来週（らいしゅう）・明日（あした））。
   那麼（下週・明天）見。

7. お元気（げんき）ですか。 → はい、おかげさまで元気（げんき）です。
   您好嗎？ → 是，托您的福，我很好。

8. お元気（げんき）で。
   保重。

9. いただきます。 → ごちそうさまでした。
   開動。 → 謝謝款待。

10. 行（い）ってきます。 → いってらっしゃい！
    我走了。 → 慢走！

11. ただいま。 → お帰（かえ）りなさい。
    我回來了。 → 歡迎回來。

12 ごめんなさい／すみません。　→　大丈夫です。
對不起。　　　　　　　　　　　→　沒關係。

13 気にしないで下さい。
請別在意。

14 どうもありがとうございます。
實在是謝謝您。

　　→ いいえ、どういたしまして。
　　　不客氣。

15 気を付けて下さい。
請小心。

16 いらっしゃいませ。
歡迎光臨。

17 お邪魔します。／失礼します。
打擾了。

18 失礼しました。
失禮了。

19 お先に失礼します。
我先告辭了。

20 お先にどうぞ。
您先請。

21 お久し振りですね。
好久不見。

22 お疲れ様でした。
辛苦了。

lesson 8　第八課 (だいはっか)　｜　初(はじ)めまして。
初次見面。

文法時間 ▶▶▶ 基本句型：人　　　　　🔊 MP3 26

		③ 公務員(こうむいん) 公務員	③ 会社員(かいしゃいん) 公司職員	
		⓪ 警察(けいさつ) 警察	③④ 大学生(だいがくせい) 大學生	です。 是～。
彼女(かのじょ) 她／女朋友	は(wa)	③ 高校生(こうこうせい) 高中生	③④ 中学生(ちゅうがくせい) 國中生	じゃ　ありません。 不是～。
彼(かれ) 他／男朋友		③④ 小学生(しょうがくせい) 小學生	③④ 留学生(りゅうがくせい) 留學生	ですか。 是～嗎？
		③ 弁護士(べんごし) 律師	③ 会計士(かいけいし) 會計師	じゃ　ありませんか。 不是～嗎？
		③ 看護師(かんごし) 護理師	④ 台湾人(たいわんじん) 台灣人	
		日本語(にほんご)の先生(せんせい) 日語老師	⓪ 医者(いしゃ) 醫師	

※「は(ha)」當助詞時讀音為「は(wa)」。

045

會話大聲講　▶▶▶　　　　　　　　　　　　　MP3 27

陳： 初めまして、私は 陳です。
初次見面，我姓陳。

どうぞ　よろしく　お願いします。
麻煩請多多指教。

斉藤： 斉藤です。
我是齊藤。

こちら　こそ、どうぞ　よろしく　お願いします。
我才是，麻煩請您多多指教。

陳： 斉藤さんは　留学生ですか。
齊藤先生是留學生嗎？

046

斉藤： いいえ、違います。先生です。
不，不是。是老師。

陳： 日本語の先生ですか。
是日語老師嗎？

斉藤： はい、そうです。陳さんは。
是的，沒錯。陳小姐呢？

陳： 私も　先生です。でも　私は　英語の先生です。
我也是老師。但是我是英語老師。

延伸學習　▶▶▶　　　　　　　　　　　　　　　　　　🔊 MP3 28

1. お仕事(しごと)は(wa)？　　　　您從事什麼工作呢？

2. お名前(なまえ)は(wa)？　　　　請問尊姓大名？

3. お住居(すまい)は(wa)？　　　　您住哪？

4. お誕生日(たんじょうび)は(wa)？　　　　您生日是什麼時候？

5. 何名様(なんめいさま)ですか。　　　　有幾位呢？

6. ～お願(ねが)いします。

（チェックイン・チェックアウト）を
辦理（入住・退房）手續

（窓側(まどがわ)・通路側(つうろがわ)）の席(せき)を
給我（窗邊・通道）的座位

禁煙席(きんえんせき)を
給我禁菸區

（S・M・L・XL）サイズを
（エス・エム・エル・エックスエル）
給我（S・M・L・XL）尺寸

注文(ちゅうもん)を
我要點餐

お（勘定(かんじょう)・会計(かいけい)）を
結帳

お願(ねが)いします。
麻煩您～。

048

（食前・食後）に
（飯前・飯後）

（氷・わさび）抜きで
去冰・不要放芥末

（片道・往復）で
我要（單程・來回）

この住所まで
我要到這個地址

（現金・カード・免税）で
我要（付現・刷卡・免税）

お願いします。
麻煩您～。

好記實用的單字一起學！　　　MP3 29

1.

色違い	大違い	勘違い	聞き違い
別的顏色	差很大	誤解	聽錯
計算違い	手違い	人違い	間違い
算錯	失誤	認錯人	錯誤

2.

原因	原形	原始	原則	原理	原料
原因	原形	原始	原則	原理	原料

❽ 初めまして。

翻譯寫寫看 ▶▶▶

1. 我不是公務人員。

2. 她不是大學生嗎?

3. 他是我的同事。(同僚[どうりょう])

4. 她也是我的朋友。(友達[ともだち])

翻譯寫寫看解答 ▶▶▶

1. 私[わたし]は公務員[こうむいん]じゃありません。
2. 彼女[かのじょ]は大学生[だいがくせい]じゃありませんか。
3. 彼[かれ]は私[わたし]の同僚[どうりょう]です。
4. 彼女[かのじょ]も私[わたし]の友達[ともだち]です。

lesson 9

第九課（だいきゅうか） | これは何（なん）ですか。
這個是什麼呢？

文法時間 ▶▶▶ 基本句型：物　　🔊 MP3 30

1.

| これ
這個
それ
那個
あれ
那個
（較遠的） | は
是 | 誰（だれ）の
誰的 | ① 傘（かさ）
傘
② 靴（くつ）
鞋子
⓪ 携帯（けいたい）（スマホ）
手機（smartphone）
⓪ 雑誌（ざっし）
雜誌
② 服（ふく）
衣服
① 本（ほん）
書 | ⓪ 鞄（かばん）
皮包，公事包，書包
⓪ 車（くるま）
車
⓪ 財布（さいふ）
錢包
⓪ 時計（とけい）
手錶，時鐘
⓪ 帽子（ぼうし）
帽子
① 眼鏡（めがね）（メガネ）
眼鏡 | ですか。
呢？ |

2.

	1 傘 傘	0 鞄 皮包，公事包，書包		
この 這個	2 靴 鞋子	0 車 車		
その 那個	0 携帯（スマホ） 手機（smartphone）	0 財布 錢包	は	誰のですか。 誰的呢？
あの 那個 (較遠的)	0 雑誌 雜誌	0 時計 手錶，時鐘		友達のです。 朋友的。
	2 服 衣服	0 帽子 帽子		
	1 本 書	1 眼鏡（メガネ） 眼鏡		

比較：

1. どれが あなたの傘ですか。　　哪一支是你的雨傘呢？
→ これが 私の傘です。　　　　　這支是我的雨傘。
2. どの傘が あなたのですか。　　哪一支雨傘是你的呢？
→ この傘が 私のです。　　　　　這支雨傘是我的。
3. あなたの傘は どれですか。　　你的雨傘是哪一支呢？
→ 私の傘は これです。　　　　　我的雨傘是這支。

※「疑問詞＋が～」，「～は＋疑問詞」。

會話大聲講 ▶▶▶

MP3 31

⑨ これは 何ですか。

木村： これは 何ですか。
這本是什麼呢？

佐藤： それは 日本語の雑誌です。
那本是日語雜誌。

木村： この雑誌は 誰のですか。
這本雜誌是誰的呢？

佐藤： 私も 分かりません。
我也不知道。

053

延伸學習 🔊 MP3 32

1.

日文	中文	日文	中文
メニュー	菜單	これ	這個
お箸（はし）	筷子	塩（しお）	鹽
醤油（しょうゆ）	醬油	お水（みず）	開水
お茶（ちゃ）	茶	紅茶（こうちゃ）	紅茶
ウーロン茶（ちゃ）	烏龍茶	生（なま）ビール	生啤酒
アイス（ホット）コーヒー	冰（熱）咖啡	コーラ	可樂
ジュース	果汁	枕（まくら）	枕頭
毛布（もうふ）	毯子	あの人（ひと）と同（おな）じ物（もの）	和那個人一樣的東西

を下（くだ）さい。
請給我～。

2. これを 見（み）せて下（くだ）さい。　　請讓我看這個。

3. これは 何（なん）の料金（りょうきん）ですか。　　這個是什麼的費用呢？

4. これは　プレゼント用です。　　　　這個是送禮用的。

5. これは　いくらですか。　　　　　　這個是多少錢呢？

6. 全部で　いくらですか。　　　　　　總共是多少錢呢？

7. 予算は　いくらですか。　　　　　　預算是多少呢？

8. 予算オーバーです。　　　　　　　　超出預算。

9. 少し　考えます。　　　　　　　　　我考慮一下。

好記實用的單字一起學！　　　　　　　　　　　　　　MP3 33

1.

予感	予言	予算	予想	予測	予定	天気予報	予約
預感	預言	預算	預想	預測	預定	天氣預報	預約

2.

意外	意義	意見	意思	意志	意識	意図	意味
意外	意義	意見	想法	意志	意識	意圖	意思

055

翻譯寫寫看 ▶▶▶

1. 這副眼鏡是誰的呢?

2. 這支不是我的手錶。

3. 那支是同事的手機嗎?

4. 朋友的書是這本嗎?

5. 那本也是她的雜誌嗎?

6. 我的錢包不是這個。

翻譯寫寫看解答 ▶▶▶

1. この眼鏡は誰のですか。
2. これは私の時計じゃありません。
3. それは同僚の携帯ですか。
4. 友達の本はこれですか。
5. それも彼女の雑誌ですか。
6. 私の財布はこれじゃありません。

lesson 10

第十課（だいじゅっか） | ここは 私（わたし）の 学校（がっこう）です。
這裡是我的學校。

文法時間 ▶▶▶ 基本句型：場所　　　　🔊 MP3 34

ここ 這裡		1 駅（えき） 車站	0 空港（くうこう） 機場	
		3 映画館（えいがかん） 電影院	2 図書館（としょかん） 圖書館	
		3 美術館（びじゅつかん） 美術館	4 博物館（はくぶつかん） 博物館	です。 是～。（敬體）
そこ 那裡	は	0 大学（だいがく） 大學	0 学校（がっこう） 學校	だ。 是～。（常體）
あそこ 那裡 （較遠的）		0 会社（かいしゃ） 公司	2 事務所（じむしょ） 辦公室	じゃ ありません。 不是～。（敬體）
		0 公園（こうえん） 公園	4 動物園（どうぶつえん） 動物園	じゃ ない。 不是～。（常體）
		0 病院（びょういん） 醫院	2 美容院（びよういん） 美容院	
		0 銀行（ぎんこう） 銀行	3 郵便局（ゆうびんきょく） 郵局	

ここ 這裡	は	⓪ 地下鉄(ちかてつ) 地下鐵	⓪ 交番(こうばん) 派出所	です。 是～。（敬體）
そこ 那裡		② デパート 百貨公司	① スーパー 超市	だ。 是～。（常體）
あそこ 那裡 （較遠的）		③ お手洗(てあら)い（① トイレ） 洗手間（toilet）		じゃ ありません。 不是～。（敬體） じゃ ない。 不是～。（常體）

會話大聲講　▶▶▶　　　　　　　　　　　🔊 MP3 35

⑩ ここは　私の学校です。

長谷川（はせがわ）：
あそこは　何（なん）ですか。
那裡是什麼呢？

小出（こいで）：
どこですか。
哪裡呢？

長谷川（はせがわ）：
あの青（あお）い　建物（たてもの）です。
那棟藍色的建築物。

小出（こいで）：
ああ、あそこは　デパートですよ。
啊，那裡是百貨公司喔。

059

長谷川: そこも　デパートですか。
那裡也是百貨公司嗎？

小出: いいえ、違います。スーパーです。
不，不是。是超市。

延伸學習

🔊 MP3 36

1.
家 (いえ)		送你回家吧！
駅 (えき)	まで 送(おく)りましょう！	送你到車站吧！
会社 (かいしゃ)		送你到公司吧！
空港 (くうこう)		送你到機場吧！

2. すみません、
不好意思，請問～

お手洗(てあら)い	試着室(しちゃくしつ)
洗手間	試衣間
レジ	駅(えき)
收銀台	車站
バス停(てい)	切符売(きっぷう)り場(ば)
公車站	售票處
タクシー乗(の)り場(ば)	地下鉄(ちかてつ)
計程車乘車處	地下鐵

は どこですか。
在哪裡呢？

3. この近(ちか)くに（コンビニ・ドラッグストア）が ありますか。
在這附近有（便利商店・藥妝店）嗎？

⑩ ここは 私(わたし)の 学校(がっこう)です。

061

好記實用的單字一起學！　▶▶▶　　　◀ MP3 37

1.

かいぎしつ 会議室	きつえんしつ 喫煙室	きょうしつ 教室	くうしつ 空室	こうしつ 皇室
會議室	吸菸室	教室	空房	皇室
こしつ 個室	しちゃくしつ 試着室	まんしつ 満室	ようしつ 洋室	わしつ 和室
包廂	試衣間	無空房間	洋室	和室

2.

おうふくけん 往復券	かいすうけん 回数券	しゅうゆうけん 周遊券	じょうしゃけん 乗車券	しょうひんけん 商品券	せいりけん 整理券	ちょうしょくけん 朝食券
來回票	回數票	周遊券	車票	商品禮券	號碼牌	早餐券
とうじょうけん 搭乗券	にゅうじょうけん 入場券	ひきかえけん 引換券	まえうりけん 前売券	ゆうたいけん 優待券	わりびきけん 割引券	
登機證	入場券	兌換券	預售票	優待券	折價券	

翻譯寫寫看 ▶▶▶

1. 你的學校在哪裡呢？

   _____

2. 洗手間不在這裡。

   _____

3. 這附近有醫院嗎？

   _____

4. 這裡不是朋友的辦公室。

   _____

5. 那裡是誰的房間呢？

   _____

⑩ ここは 私(わたし)の 学校(がっこう)です。

翻譯寫寫看解答 ▶▶▶

1. あなたの学校(がっこう)はどこですか。
2. お手洗(てあら)いはここじゃありません。
3. この近(ちか)くに病院(びょういん)がありますか。
4. ここは友達(ともだち)の事務所(じむしょ)じゃありません。
5. そこは誰(だれ)の部屋(へや)ですか。

063

lesson 11 | 第十一課 | この映画は とても 面白いです。
這部電影非常有趣。

文法時間 ▶▶▶ 形容詞的基本用法：①い形容詞　　🔊 MP3 38

④ 新し 新	② 古 舊	い。 肯定（常體）
⓪ 甘 甜，天真	② しょっぱ 鹹	いです。 肯定（敬體）
④ 忙し 忙	③ 危な 危險	くない。 否定（常體）
③ 嬉し 開心	⓪③ 悲し 難過，悲傷	くないです。 否定（敬體）
⓪③ 美味し 好吃	② 不味 難吃，不妥，不妙，笨拙	かった。 過去式（常體）
③ 大き 大	③ 小さ 小	かったです。 過去式（敬體）

065

②寒(さむ) 冷	②暑(あつ) 熱	い。 肯定（常體）
②高(たか) 高，貴	②安(やす) 便宜	いです。 肯定（敬體）
②近(ちか) 近	⓪遠(とお) 遠	くない。 否定（常體）
②早(はや) 快，早	⓪②遲(おそ) 慢，晚	くないです。 否定（敬體）
①よ 好	②悪(わる) 壞，不好	かった。 過去式（常體）
		かったです。 過去式（敬體）

會話大聲講 ▶▶▶　　　　　　　　　　　　　　　　🔊 MP3 39

⑪ この映画は　とても　面白いです。

山下： この魚は　大きいですね。美味しいですか。
這條魚好大喔。好吃嗎？

田中： 美味しいですよ。
好吃喔。

山下： 大きい　魚は　高いですか。
大的魚貴嗎？

田中： 高くないです。安いです。
不貴。很便宜。

067

山下： あの魚は 小さいですが、とても 美味しいですよ。
那條魚雖然小，但是非常好吃喔。

※「ね」是尋求認同、共鳴，「よ」是強調告知。

延伸學習　　　▶▶▶　　　🔊 MP3 40

1. ～より
    ① 日本は　台湾より　寒いです。　　　　日本比台灣冷。
    ② 新幹線は　電車より　ずっと　高いです。
       新幹線比電車貴多了。
    ③ これより（大きい・小さい）サイズは　ありますか。
       有比這個尺寸（大・小）的嗎？

2. この料理は　辛いですか。　　　這道菜辣嗎？

3. どれも　すごく　美味しいです。　　每個都很好吃。

4. 部屋が　タバコ臭いです。　　　房間有菸臭味。

5. 隣の部屋が　うるさいです。　　隔壁房間很吵。

6. もう少し（安い・大きい・小さい）のは　ありませんか。
   沒有（便宜・大・小）一點的嗎？

7.

ちょっと 有點	甘い 甜	辛い 辣
	大きい 大	小さい 小
	きつい 緊	長い 長

です。

⑪ この映画は　とても　面白いです。

069

ちょっと	短い みじか 短	高い たか 貴	です。
有點	可笑しい お か 奇怪		

8. い形容詞的過去式：

① 今日の（ランチ・料理）は　とても　美味しかった。（常體）
きょう　　　　　　　　りょうり　　　　　　　　　おい

今天的（午餐・菜）非常好吃。

② 昨日は　帰りが　遅かった。
きのう　　かえ　　おそ

昨天回到家很晚了。

③ 夕べの地震は　怖かったです。（敬體）
ゆう　じ しん　　こわ

昨晚的地震很恐怖。

④ 先週は　とても　忙しかったです。
せんしゅう　　　　　いそが

上星期非常忙。

好記實用的單字一起學！　　　　　　　　　　　　　　🔊 MP3 41

1.

でんあつ 電圧	でんき 電気	でんき 電機	でんげん 電源	でんしゃ 電車
電壓	電燈	電機	電源	電車

でんち 電池	でんどう 電動	でんりょく 電力	でんわ 電話	
電池	電動	電力	電話	

2.

かんげき 感激	かんしゃ 感謝	かんしょう 感傷	かんしん 感心	かんせん 感染	かんそう 感想	かんどう 感動
感激	感謝	感傷	欽佩	感染	感想	感動

⑪ この映画(えいが)は　とても　面白(おもしろ)いです。

071

翻譯寫寫看 ▶▶▶

1. 我的房間不大。

   _____

2. 日語比英語有趣。

   _____

3. 沒有大一點的雨傘嗎？

   _____

4. 昨天的電影非常有趣。

   _____

5. 這顆西瓜雖然小，可是非常貴喔。

   _____

翻譯寫寫看解答 ▶▶▶

1. 私の部屋は大きくないです。
2. 日本語は英語より面白いです。
3. もう少し大きい傘はありませんか。
4. 昨日の映画はとても面白かったです。
5. この西瓜は小さいですが、とても高いですよ。

Lesson 12

第十二課 （だいじゅうにか） | 彼（かれ）の日本語（にほんご）は とても 上手（じょうず）です。
他的日語非常好。

文法時間 ▶▶▶ 形容詞的基本用法：②な形容詞　　🔊 MP3 42

① 綺麗（きれい） 漂亮，乾淨，整潔	⓪ 暇（ひま） 閒暇	だ。 肯定（常體）
⓪ 簡単（かんたん） 簡單	⓪ 複雑（ふくざつ） 複雜	です。 肯定（敬體）
① 親切（しんせつ） 親切	③ 真面目（まじめ） 認真	じゃ ない。 否定（常體）
③ 上手（じょうず） 厲害，擅長	② 下手（へた） 笨拙	じゃ ありません。 否定（敬體）
② 好（す）き 喜歡	⓪ 嫌（きら）い 討厭	だった。 過去式（常體）
② 駄目（だめ） 不行，白費，無用	⓪ 大切（たいせつ） 重要，珍惜	でした。 過去式（敬體）
⓪ 有名（ゆうめい） 有名	③ 残念（ざんねん） 遺憾，可惜	

⑫ 彼の日本語は とても 上手です。

073

會話大聲講　　　　　　　　　　　MP3 43

吉田： 大塚さんは　料理が　上手ですか。
大塚小姐做菜拿手嗎？

大塚： 上手じゃ　ありません。下手です。
不拿手。笨手笨腳的。

吉田： どんな 料理が　好きですか。
喜歡 什麼樣的 料理呢？

大塚： 中華料理が　好きです。
喜歡中華料理。

吉田： どの 科目が 一番 得意ですか。
哪一個科目是最擅長的呢？

大塚： そうですね。数学が 一番 得意です。
嗯……。數學是最擅長的。

12 彼の日本語は とても 上手です。

延伸學習 🔊 MP3 44

1. どんな～

①

	② うた 歌 歌	① ⓪ えいが 映画 電影
	① おんがく 音楽 音樂	② くだもの 果物 水果
こんな 這樣的	⓪ くるま 車 車	⓪ けいたい 携帯 手機
そんな 那樣的	⓪ ざっし 雑誌 雜誌	⓪ しごと 仕事 工作
あんな 那樣的 (較遠的)	① じゅぎょう 授業 課	⓪ しょうせつ 小説 小説
どんな 什麼樣的	② スポーツ 運動	① タイプ 類型
	① ドラマ 連續劇	⓪ ばんぐみ 番組 節目
	⓪ ひと 人 人	① りょうり 料理 料理

が　す好きですか。
　　喜歡～嗎？

② どんな（飲み物・色）が ありますか。
有什麼（飲料・顏色）呢？

③ どんな（車・携帯）が 欲しいですか。
想要什麼樣的（車子・手機）呢？

2. どの～

① どの駅で 降りますか。
在哪一站下車呢？

② どの映画が 見たいですか。
想看哪一部電影呢？

③ どのバスが 空港へ 行きますか。
※「へ」當助詞時讀音為「え」。
哪一輛巴士是去機場呢？

④ どの駅が 一番 中華街に 近いですか。
哪一站離中華街最近呢？

3. 一番 好きな（歌手・先生）は 誰ですか。
最喜歡的（歌手・老師）是誰呢？

4. 嫌いな 物は ありますか。 → いいえ、何でも 食べます。
有不喜歡（吃）的東西嗎？　　　　→ 沒有，我什麼都吃。

5. 私の日本語は あまり 上手じゃ ありません。
我的日語不太好。

077

好記實用的單字一起學！

🔊 MP3 45

1.

空気(くうき)	元気(げんき)	天気(てんき)	人気(にんき)	呑気(のんき)
空氣	元氣，精神，健康	天氣	人氣，受歡迎	悠閒
平気(へいき)	病気(びょうき)	本気(ほんき)	勇気(ゆうき)	
不在乎，沒關係	生病	認真	勇氣	

2.

有害(ゆうがい)／無害(むがい)	有限(ゆうげん)／無限(むげん)	有効(ゆうこう)／無効(むこう)	有罪(ゆうざい)／無罪(むざい)
有害／無害	有限／無限	有效／無效	有罪／無罪
有名(ゆうめい)／無名(むめい)	有利(ゆうり)／不利(ふり)	有料(ゆうりょう)／無料(むりょう)	
有名／不具名，不知名	有利／不利	付費／免費	

翻譯寫寫看 ▶▶▶

1. 女朋友雖然不漂亮,但是非常親切。
   _____

2. 雖然非常喜歡日語,但不是很厲害。
   _____

3. 這家公司不太有名。
   _____

4. 喜歡什麼樣的日劇?
   _____

5. 最喜歡哪一首歌?
   _____

⓬ 彼の日本語は とても 上手です。

翻譯寫寫看解答 ▶▶▶

1. 彼女（かのじょ）は綺麗（きれい）じゃありませんが、とても親切（しんせつ）です。
2. 日本語（にほんご）はとても好（す）きですが、上手（じょうず）じゃありません。
3. この会社（かいしゃ）はあまり有名（ゆうめい）じゃありません。
4. どんな日本（にほん）のドラマが好（す）きですか。
5. どの歌（うた）が一番（いちばん）好（す）きですか。

lesson 13 第十三課 (だいじゅうさんか)

大(おお)きく なりましたね。
長大了喔。

文法時間 ▶▶▶ 形容詞＋動詞　　　🔊 MP3 46

1. い形容詞去い＋く＋動詞

い形容詞	い形容詞		
暑(あつ) 熱	寒(さむ) 冷		
美味(おい)し 好吃	不味(まず) 難吃，不妥，不妙，笨拙		ます。（肯定）
多(おお) 多	少(すく)な 少		
大(おお)き 大	小(ちい)さ 小	く なり 變	ません。（否定）
高(たか) 貴，高	安(やす) 便宜		ました。（過去式）
眠(ねむ) 想睡	忙(いそが)し 忙		
よ 好	悪(わる) 壞，不好		

13 大(おお)きく なりましたね。

081

2.（名詞・な形容詞）＋に＋動詞

⓪ 医者	③ お金持ち		
醫師	有錢人		
③ 看護師	⓪ イケメン		
護理師	帥哥		
① 綺麗	① 元気	に　なり	ました。
漂亮，乾淨，整潔	元氣，精神，健康	成為，變	（過去式）
① 静か	② 賑やか		たいです。
安靜	熱鬧		想。
③ 上手	② 下手		
厲害，擅長	笨拙		
② 好き	⓪ 嫌い		
喜歡	討厭		
⓪ 有名	② 楽		
有名	輕鬆		

會話大聲講

🔊 MP3 47

⑬ 大きく なりましたね。

吉野： 風邪は よく なりましたか。
感冒好了嗎？

和久井： おかげさまで、もう（よく・元気に）なりました。
托您的福，已經（好了・康復了）。

吉野： それは よかったですね。
那太好了。（い形容詞的過去式）

ところで、一緒に 夕飯を 食べませんか。
對了，要不要一起吃晚餐？

和久井: いいですね。
好啊。

吉野: この近くに 安くて 美味しい 店が ありますよ。
在這附近有便宜又好吃的店喔。

和久井: 本当ですか。では、行きましょう。
真的嗎?那麼,走吧。

吉野: はい、行きましょう。
好,走吧。

延伸學習

1. この薬を 飲むと 眠く なりますか。
   吃這個藥就會想睡覺嗎?

2. もっと 安く なりませんか。　　　不能更便宜一些嗎?

3. ちょっと 安く して下さい。　　　請算便宜一點。

4. 静かに （して下さい）。　　　　請安靜。

5. お大事に （して下さい）。　　　請保重。

6. 大事に します。　　　　　　　　我會好好珍惜。

7. お世話に なりました。　　　　　受您照顧了。

8. 形容詞＋形容詞
   ① この店の苺は 大きくて 甘いです。　這家店的草莓大又甜。
   ② 彼女は 優しくて きれいです。　　　她溫柔又漂亮。
   ③ 彼女は 頭が よくて きれいな 人です。
      她是位聰明又漂亮的人。
   ④ この傘は 丈夫で 安いです。　　　　這支雨傘堅固又便宜。
   ⑤ ここは 交通が 便利で 静かな 所です。
      這裡是個交通方便又安靜的地方。

好記實用的單字一起學！　　　MP3 49

1.

こうかん 交換	こうさい 交際	こうさく 交錯	こう さ てん 交差点	こうしょう 交渉
交換	交際	交錯	十字路口	交涉
こうたい 交代	こうつう 交通	こうばん 交番	こうりゅう 交流	
輪流，替換	交通	派出所	交流	

2.

ゆうえつかん 優越感	ゆうしゅう 優秀	ゆうじゅう ふ だん 優柔不断	ゆうしょう 優勝	ゆうせい 優勢
優越感	優秀	優柔寡斷	優勝	優勢
ゆうせん 優先	ゆうたい 優待	ゆう び 優美	ゆうりょう 優良	
優先	優待	優美	優良	

翻譯寫寫看 ▶▶▶

1. 這家店貴又難吃。

2. 這裡是個人多又熱鬧的地方。

3. 她漂亮又溫柔。

4. 喝咖啡就會變得有精神。（コーヒー）

5. 從下星期（開始）會變得更忙了。

⓭ 大(おお)きく なりましたね。

翻譯寫寫看解答 ▶▶▶

1. この店(みせ)は高(たか)くてまずいです。
2. ここは人(ひと)が多(おお)くて賑(にぎ)やかな所(ところ)です。
3. 彼女(かのじょ)はきれいで優(やさ)しいです。
4. コーヒーを飲(の)むと元気(げんき)になります。
5. 来週(らいしゅう)から、もっと忙(いそが)しくなります。

lesson 14 第十四課 | 今日は 何曜日ですか。
今天是星期幾呢？

文法時間 ▶▶▶ 基本句型：時間　　　　　　　　　　MP3 50

1. （今日・明日）は 何曜日ですか。
   （今天・明天）是星期幾呢？
   → （今日・明日）は（月・火・水・木・金・土・日）曜日です。
   → （今天・明天）是星期（一・二・三・四・五・六・日）。

2. 昨日は 木曜日でした。　　　昨天是星期四。

3. 今、何時ですか。　　　　　　現在幾點呢？
   → 3時45分です。　　　　　　3點45分。

時：
いちじ	にじ	さんじ	よじ	ごじ	ろくじ	しちじ
1時	2時	3時	4時	5時	6時	7時
1點	2點	3點	4點	5點	6點	7點

はちじ	くじ	じゅうじ	じゅういちじ	じゅうにじ
8時	9時	10時	11時	12時
8點	9點	10點	11點	12點

分：
いっぷん	にふん	さんぷん	よんぷん	ごふん	ろっぷん	ななふん・しちふん	はっぷん
1分	2分	3分	4分	5分	6分	7分・7分	8分
1分	2分	3分	4分	5分	6分	7分	8分

きゅうふん	じゅっぷん・じっぷん	じゅういっぷん	さんじゅっぷん・さんじっぷん・はん	なんぷん
9分	10分・10分	11分	30分・30分・半	何分
9分	10分	11分	30分・半	幾分

會話大聲講 ▶▶▶

MP3 51

近藤（こんどう）：
あした じゅぎょう なんじ なんじ
明日の授業は 何時 から 何時 まで ですか。
明天的課 從 幾點 到 幾點呢？

黒川（くろかわ）：
ごぜん はちじ ごご ごじ
午前 8時 から 午後 5時 まで です。
從上午8點到下午5點。

近藤（こんどう）：
まいにち じゅぎょう
毎日 授業が ありますか。
每天有課嗎？

黒川（くろかわ）：
　　　　げつようび　　　　　きんようび　　　まいにち　　じゅぎょう
はい、月曜日から 金曜日まで 毎日 授業が あります。
是的，從星期一到星期五每天都有課。

090

近藤： そうですか。大変ですね。
這樣啊。真是辛苦。

⓮ 今日は　何曜日ですか。

延伸學習　▶▶▶　　　MP3 52

1. 何時（開店・閉店・出発・到着）ですか。
   幾點（開門・打烊・出發・抵達）呢？

2. ～から～まで（從～到～）

   ① ここから　近いですか。　　　從這裡近嗎？
   ② 台湾から　来ました。　　　　從台灣來的。
   ③ 空港まで　いくらですか。　　到機場多少錢？
   ④ （ここ・家）から（会社・学校・駅・空港）まで　遠いですか。
   　　從（這裡・家裡）到（公司・學校・車站・機場）遠嗎？
   　　→ ちょっと　遠いです。／いいえ、あまり　遠くないです。
   　　→ 有點遠。／不，不太遠。
   ⑤ チェックインは　何時からですか。
   　　從幾點開始可以辦理入住呢？
   ⑥ チェックアウトは　何時までですか。
   　　退房是到幾點呢？
   ⑦ （営業時間・朝食・銀行・デパート・店）は
   　　何時から　何時までですか。
   　　（營業時間・早餐・銀行・百貨公司・店）是從幾點到幾點呢？
   ⑧ （冬休み・夏休み）は　いつから　いつまでですか。
   　　（寒假・暑假）從什麼時候到什麼時候呢？

3. ～から（因為～所以）

   ① これは　安いですから、買いたいです。
   　　這個很便宜所以想買。

② これは 高いですから、買いたくないです。
　這個很貴所以不想買。

③ とても 美味しいですから、たくさん 食べました。
　因為非常好吃，所以吃了很多。

好記實用的單字一起學！　▶▶▶　🔊 MP3 53

1.

なんねん	なんがつ	なんにち	なんじ	なんぷん	なんようび	なんにん
何年	何月	何日	何時	何分	何曜日	何人
幾年	幾月	幾號	幾點	幾分	星期幾	幾人

2.

まいにち	まいしゅう	まいつき	まいとし	まいあさ	まいばん	まいど	まいかい	まいしょく
毎日	毎週	毎月	毎年	毎朝	毎晩	毎度	毎回	毎食
每日	每週	每月	每年	每天早上	每晚	每次	每回	每餐

3.

せんじつ	せんしゅう	せんげつ	きょねん
先日	先週	先月	去年
前幾天	上星期	上個月	去年

4.

こんしゅう	こんげつ	ことし	こんご	こんかい	こんど
今週	今月	今年	今後	今回	今度
這星期	這個月	今年	今後	這回	這次

5.

らいにち	らいしゅう	らいげつ	らいねん
来日	来週	来月	来年
來日本	下星期	下個月	明年

⑭ 今日は 何曜日ですか。

翻譯寫寫看 ▶▶▶

1. 這支手錶很貴，所以不想買。

2. 今天的課是從下午 1 點開始。

3. 因為非常便宜，所以買了很多。

4. 從家裡到公司並不太遠。

5. 這家店的包包不太便宜，所以不想買。

翻譯寫寫看解答 ▶▶▶
1. この時計（とけい）は高（たか）いですから、買（か）いたくないです。
2. 今日（きょう）の授業（じゅぎょう）は午後（ごご）1時（いちじ）からです。
3. とても安（やす）いですから、たくさん買（か）いました。
4. 家（うち）から会社（かいしゃ）まであまり遠（とお）くないです。
5. この店（みせ）の鞄（かばん）はあまり安（やす）くないですから、買（か）いたくないです。

lesson 15 | 第十五課（だいじゅうごか）

先生（せんせい）は 今（いま） どこに いますか。
老師現在在哪裡呢？

文法時間 ▶▶▶ 存在地點　　　　　　　　　　　🔊 MP3 54

1. 有生命的存在：
   ① 部屋（へや）に 猫（ねこ）が （います・いません）。
      房間（有・沒有）貓。（敬體）
   ② 今（いま） 犬（いぬ）は 部屋（へや）に （いる・いない）よ。
      現在狗（有・沒有）在房間喔。（常體）

2. 無生命的存在：
   ① 机（つくえ）の上（うえ）に 友達（ともだち）の（写真（しゃしん）・時計（とけい）・スマホ）が （あります・ありません）。
      在桌上（有・沒有）朋友的（相片・手錶・手機）。（敬體）
   ② 同僚（どうりょう）の（傘（かさ）・雑誌（ざっし）・財布（さいふ））は 机（つくえ）の上（うえ）に （ある・ない）よ。
      同事的（雨傘・雜誌・錢包）（有・沒有）在桌上喔。（常體）

※「が」的重點在前面的主語，「は」的重點則在後面的敘述。

會話大聲講

MP3 55

岡山(おかやま)：
先生(せんせい)は 今(いま) どこに いますか。
老師現在在哪裡呢？

松井(まつい)：
多分(たぶん) 教室(きょうしつ)に いる でしょう 。
大概是在教室 吧 。

岡山(おかやま)：
先生(せんせい)のスマホは どこに ありますか。
老師的手機在哪裡呢？

松井(まつい)：
あそこの机(つくえ)の上(うえ)に あります。
在那邊的桌上。

岡山： 隣の教室には　パソコンが　ありますか。
　　　隔壁的教室有電腦嗎？

松井： ありませんよ。
　　　沒有喔。

岡山： 今　三浦さんは　教室に　いますか。
　　　現在三浦同學有在教室嗎？

松井： いいえ、いません。もう　帰りました。
　　　不，不在。已經回家了。

⑮ 先生は　今　どこに　いますか。

延伸學習 ▶▶▶ 🔊 MP3 56

1.
日文	中文
<ruby>席<rt>せき</rt></ruby>	位子
<ruby>新<rt>あたら</rt></ruby>しいの	新的
<ruby>在庫<rt>ざいこ</rt></ruby>	庫存
<ruby>割引<rt>わりびき</rt></ruby>	打折
<ruby>他<rt>ほか</rt></ruby>のサイズ	其他尺寸
<ruby>他<rt>ほか</rt></ruby>の<ruby>色<rt>いろ</rt></ruby>	其他顏色
<ruby>青<rt>あお</rt></ruby>	藍色
<ruby>赤<rt>あか</rt></ruby>	紅色
<ruby>黒<rt>くろ</rt></ruby>	黑色
<ruby>白<rt>しろ</rt></ruby>	白色
<ruby>緑<rt>みどり</rt></ruby>	綠色
<ruby>黄色<rt>きいろ</rt></ruby>	黃色
<ruby>茶色<rt>ちゃいろ</rt></ruby>	咖啡色
<ruby>紫色<rt>むらさきいろ</rt></ruby>	紫色
<ruby>肌色<rt>はだいろ</rt></ruby>	膚色
<ruby>水色<rt>みずいろ</rt></ruby>	水藍色
ピンク	粉紅色
オレンジ	橙色
グレー	灰色

は　ありますか。
有～嗎？

2. レストランは 何階に ありますか。　　　　餐廳在幾樓呢？

3. 部屋に（スリッパ・タオル・ドライヤー）が ありません。
　　房間裡沒有（拖鞋・毛巾・吹風機）。

4. （昨日・今朝）（日本語の試験・試合）が ありました。
　　（昨天・今天早上）有（日語考試・比賽）。（過去式）

5. どのぐらい 日本に いますか。　　　　要在日本待多久呢？
　→ 一週間ぐらいです。　　　　　　　　一星期左右。

6. ～でしょう
　① 彼女は 学生でしょう。　　　　　　　　她是學生吧。
　② （贈り物・自宅用）でしょうか。　　　　是（送人・自己用）的嗎？
　③ ご注文は お決まりでしょうか。　　　　決定要點什麼了嗎？
　④ （ポイントカード・メンバーカード）は お持ちでしょうか。
　　　有（集點卡・會員卡）嗎？

⑮ 先生は 今 どこに いますか。

好記實用的單字一起學！　　　　　　　　　　　　🔊 MP3 57

1.

ある<ruby>日<rt>ひ</rt></ruby>	ある<ruby>人<rt>ひと</rt></ruby>	ある<ruby>程度<rt>ていど</rt></ruby>
某一天	某個人	某種程度
ある<ruby>時<rt>とき</rt></ruby>	ある<ruby>所<rt>ところ</rt></ruby>	ある<ruby>店<rt>みせ</rt></ruby>
有時／那時／有一次	某個地方	某家店

2.

<ruby>空間<rt>くうかん</rt></ruby>	<ruby>空気<rt>くうき</rt></ruby>	<ruby>空港<rt>くうこう</rt></ruby>	<ruby>空室<rt>くうしつ</rt></ruby>	<ruby>空車<rt>くうしゃ</rt></ruby>
空間	空氣	機場	空房	空車
<ruby>空席<rt>くうせき</rt></ruby>	<ruby>空説<rt>くうせつ</rt></ruby>	<ruby>空前絶後<rt>くうぜんぜつご</rt></ruby>	<ruby>空想<rt>くうそう</rt></ruby>	
空位	無稽之談	空前絕後	空想	

翻譯寫寫看 ▶▶▶

1. 現在在辦公室裡有誰呢?

2. 媽媽現在不在房間。

3. 椅子上沒有狗喔。

4. 在那邊的桌上有老師的眼鏡。

5. 他的手機沒有在這裡。

翻譯寫寫看解答 ▶▶▶
1. 今事務所に誰がいますか。
2. 母は今部屋にいません。
3. 椅子の上に犬がいませんよ。
4. あそこの机の上に先生の眼鏡があります。
5. 彼のスマホはここにありません。

⑮ 先生は 今 どこに いますか。

lesson 16 第十六課 | 明日　飛行機で　日本へ　行きます。
明天搭飛機去日本。

文法時間 ▶▶▶　　　　　　　　　　　　　　　　　🔊 MP3 58

1. ① 交通工具＋で。② 場所＋へ＋移動性動詞。
   ※「へ」當助詞時讀音為「え」。

毎日			
每天	⓪ 車　開車	で	会社へ　行きます。去公司。
	② ⓪ 自転車　騎腳踏車		
	③ 新幹線　搭新幹線		
	① タクシー　搭計程車		
	⓪ ① 電車　搭電車		
	① バイク　騎機車		
	① バス　搭公車		

103

2. 目的＋に＋移動性動詞

デパートへ 百貨公司	⓪ 買物(かいもの) 買東西 時計(とけい)を買(か)い 買手錶 ⓪ 食事(しょくじ) 吃飯 夕飯(ゆうはん)を食(た)べ 吃晚餐 コーヒーを飲(の)み 喝咖啡 映画(えいが)を見(み) 看電影	に　行(い)き	ます。 去〜。（肯定） ません。 不去〜。（否定） ました。 去〜。（過去式） たいです。 想去〜。

會話大聲講 ▶▶▶ 🔊 MP3 59

渡辺： 今晩　時間が　**あります**か。
今天晚上有空嗎？

一緒に　映画を見に　行きませんか。
要不要一起去看電影呢？

吉田： いいですね。
好啊。

渡辺： 映画館の近くに　いい店が　あります。
在電影院的附近有不錯的店。

そこ で 食事しませんか。
要不要在那邊吃飯呢？

⑯ 明日　飛行機で　日本へ　行きます。

105

吉田： いいですね。
好啊。

渡辺： では、5時半に 迎えに 行きます。
那麼，5點半去接你。

吉田： はい、お願いします。
好，麻煩你了。

延伸學習

1. 電車で 来ました。　　　　搭電車來的。

2.
日本へ	日本語の勉強	出張	に 来ました。
日本	學習日語	出差	來～。
	旅行	観光	
	旅行	觀光	
	留学		
	留學		

3. この電車は 上野へ 行きますか。　　這班電車是去上野嗎？

4. 来週 図書館へ 本を借りに 行きたいです。
下星期想去圖書館借書。

5. 夕べ 彼氏と 一緒に 車で デパートへ 買物に 行きました。
（過去式）　　昨晚和男朋友一起開車去百貨公司買東西。

6. で：動態場所助詞

① ここで 食べます。　　　　在這裡吃。

② （ここ・次）で 降ります。　　在（這裡・下一站）下車。

③ 夕べ デパートで 友達に 会いました。（過去式）
昨晚在百貨公司遇到了朋友。

④ この時計は どこで 買いましたか。
這支手錶在哪裡買的呢？

⑯ 明日 飛行機で 日本へ 行きます。

好記實用的單字一起學！　　　　　　　　　　　　　MP3 61

1.

ちょうしょく朝食	ちゅうしょく昼食	ゆうしょく夕食	やしょく夜食	しゅしょく主食	ていしょく定食
早餐	午餐	晚餐	宵夜	主食	定食

2.

しょくじ食事	しょくぜん食前	しょくご食後	しょくせいかつ食生活	しょくたく食卓
吃飯	飯前	飯後	日常飲食	餐桌

しょくどう食堂	しょくひん食品	しょくよく食欲	しょくちゅうどく食中毒	
食堂	食品	食慾	食物中毒	

3.

いほうだい言いたい放題	うたほうだい歌い放題	すほうだい好き放題	たほうだい食べ放題	のほうだい飲み放題
暢所欲言	無限歡唱	隨便／任性	吃到飽	無限暢飲

翻譯寫寫看 ▶▶▶

1. 我每天騎腳踏車去學校。

2. 寒假想和父母一起去（泡）溫泉。（温泉^{おんせん}）

3. 下午要和朋友一起搭公車去百貨公司看電影。

4. 下星期要和同事一起去日本出差。

5. 今天早上和女朋友一起去圖書館念書。

翻譯寫寫看解答 ▶▶▶

1. 私は毎日自転車で学校へ行きます。
2. 冬休みは両親と一緒に温泉に行きたいです。
3. 午後友達と一緒にバスでデパートへ映画を見に行きます。
4. 来週同僚と一緒に日本へ出張に行きます。
5. 今朝彼女と一緒に図書館へ勉強に行きました。

⑯ 明日　飛行機で　日本へ　行きます。

ふろく
付録

1. 日語音韻表............................ 112
2. 時間概念.............................. 114
3. 數字與量詞............................ 129
4. 家庭樹與身體.......................... 141
5. 常見的中文姓氏唸法.................. 145
6. 常見的日文姓氏唸法.................. 147
7. 形容詞廣場............................ 149

1 日語音韻表

〔清音〕

	あ段	い段	う段	え段	お段
あ行	あ ア a	い イ i	う ウ u	え エ e	お オ o
か行	か カ ka	き キ ki	く ク ku	け ケ ke	こ コ ko
さ行	さ サ sa	し シ shi	す ス su	せ セ se	そ ソ so
た行	た タ ta	ち チ chi	つ ツ tsu	て テ te	と ト to
な行	な ナ na	に ニ ni	ぬ ヌ nu	ね ネ ne	の ノ no
は行	は ハ ha	ひ ヒ hi	ふ フ hu	へ ヘ he	ほ ホ ho
ま行	ま マ ma	み ミ mi	む ム mu	め メ me	も モ mo
や行	や ヤ ya		ゆ ユ yu		よ ヨ yo
ら行	ら ラ ra	り リ ri	る ル ru	れ レ re	ろ ロ ro
わ行	わ ワ wa				を ヲ o
	ん ン n				

〔濁音・半濁音〕

が ガ ga	ぎ ギ gi	ぐ グ gu	げ ゲ ge	ご ゴ go
ざ ザ za	じ ジ ji	ず ズ zu	ぜ ゼ ze	ぞ ゾ zo
だ ダ da	ぢ ヂ ji	づ ヅ zu	で デ de	ど ド do
ば バ ba	び ビ bi	ぶ ブ bu	べ ベ be	ぼ ボ bo
ぱ パ pa	ぴ ピ pi	ぷ プ pu	ぺ ペ pe	ぽ ポ po

〔拗音〕

きゃ キャ kya	きゅ キュ kyu	きょ キョ kyo	しゃ シャ sha	しゅ シュ shu	しょ ショ sho
ちゃ チャ cha	ちゅ チュ chu	ちょ チョ cho	にゃ ニャ nya	にゅ ニュ nyu	にょ ニョ nyo
ひゃ ヒャ hya	ひゅ ヒュ hyu	ひょ ヒョ hyo	みゃ ミャ mya	みゅ ミュ myu	みょ ミョ myo
りゃ リャ rya	りゅ リュ ryu	りょ リョ ryo	ぎゃ ギャ gya	ぎゅ ギュ gyu	ぎょ ギョ gyo
じゃ ジャ ja	じゅ ジュ ju	じょ ジョ jo	びゃ ビャ bya	びゅ ビュ byu	びょ ビョ byo
ぴゃ ピャ pya	ぴゅ ピュ pyu	ぴょ ピョ pyo			

附錄

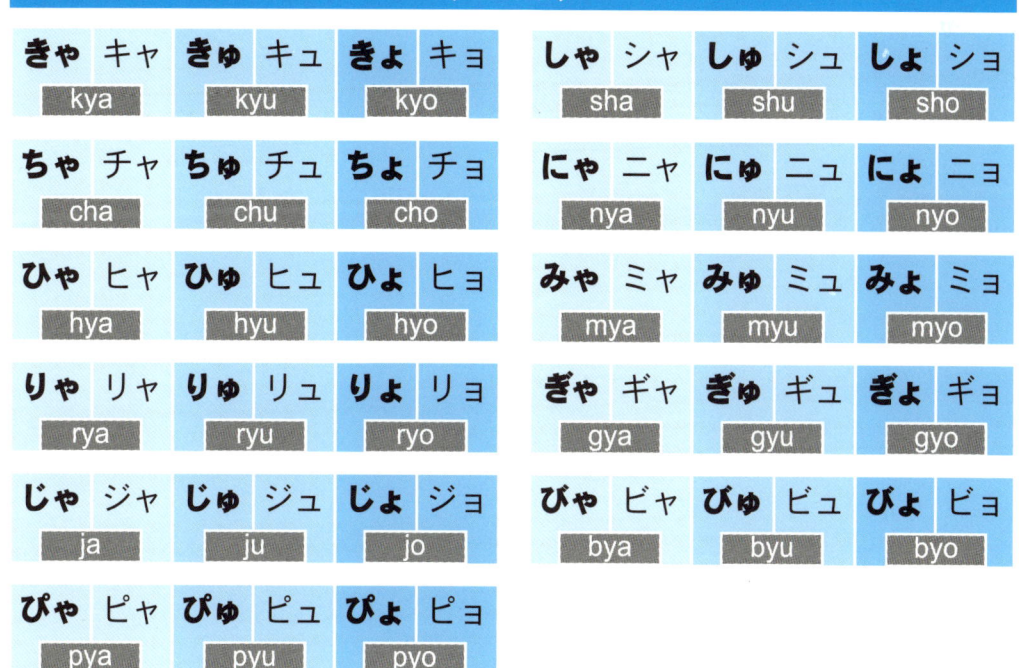

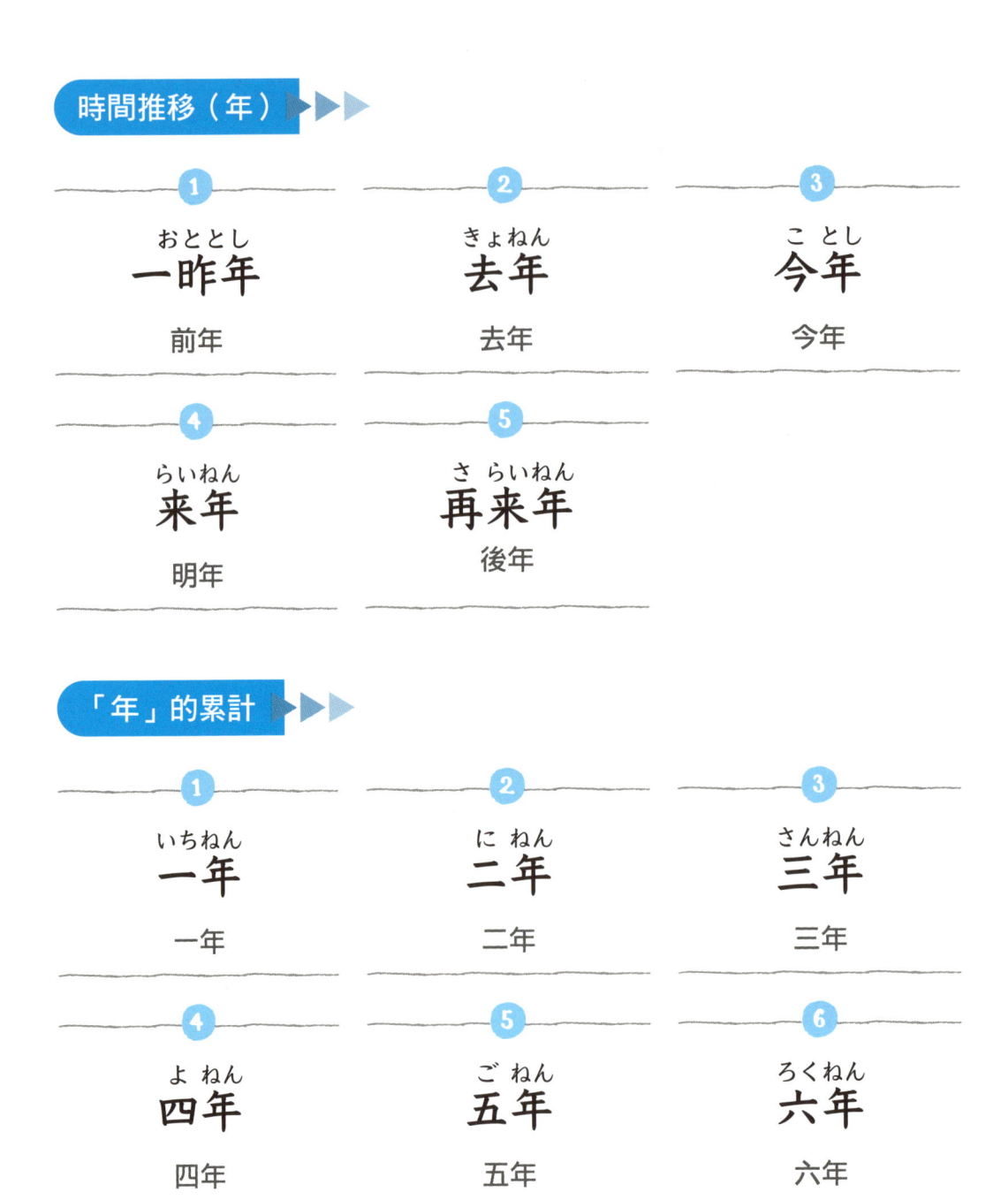

2 時間概念

時間推移（年） ▶▶▶

① おととし **一昨年** 前年	② きょねん **去年** 去年	③ ことし **今年** 今年
④ らいねん **来年** 明年	⑤ さらいねん **再来年** 後年	

「年」的累計 ▶▶▶

① いちねん **一年** 一年	② にねん **二年** 二年	③ さんねん **三年** 三年
④ よねん **四年** 四年	⑤ ごねん **五年** 五年	⑥ ろくねん **六年** 六年

❼
しちねん　ななねん
七年／七年

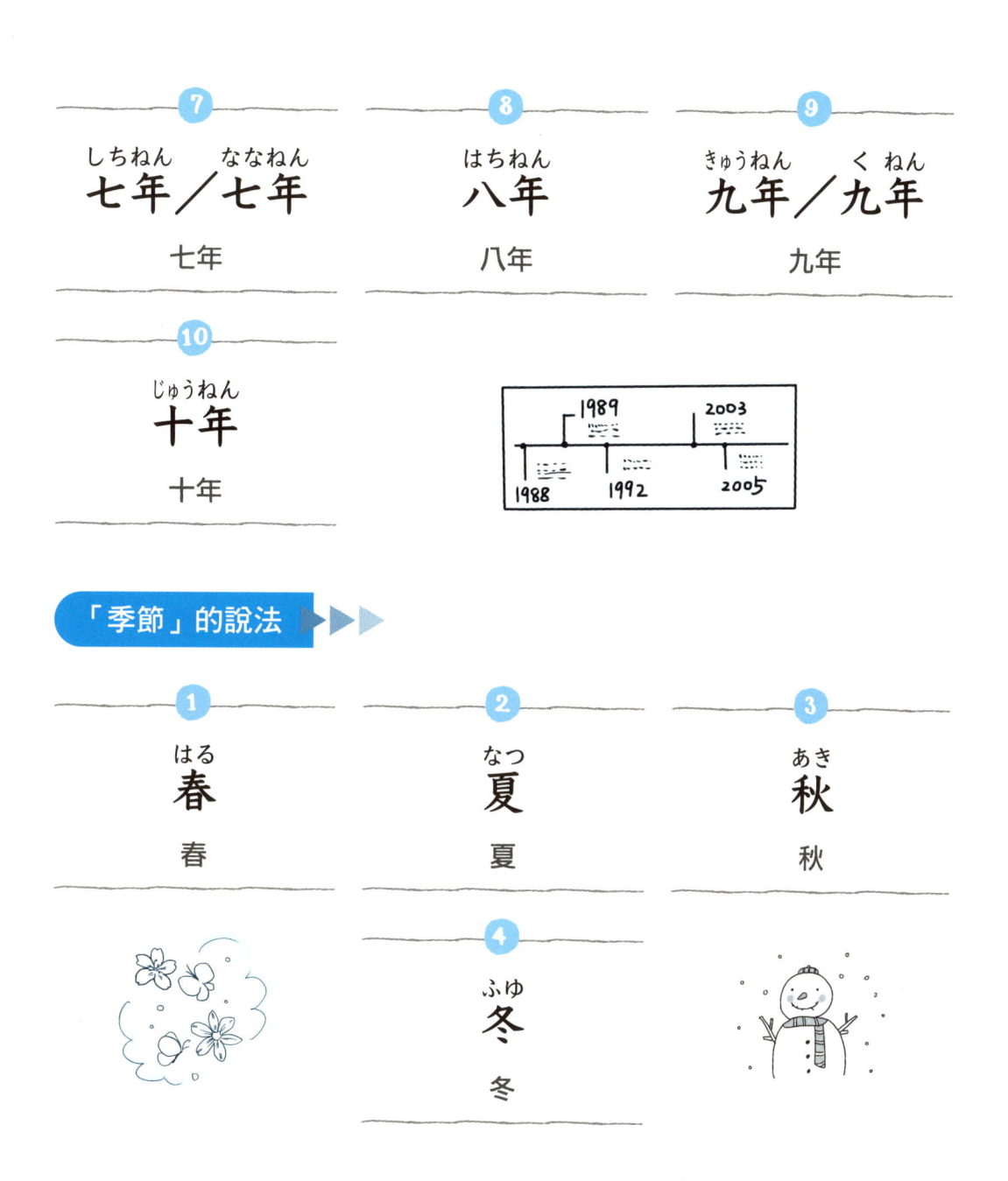

七年

❽
はちねん
八年

八年

❾
きゅうねん　くねん
九年／九年

九年

❿
じゅうねん
十年

十年

「季節」的說法 ▶▶

❶
はる
春

春

❷
なつ
夏

夏

❸
あき
秋

秋

❹
ふゆ
冬

冬

附錄

115

時間推移（月） ▶▶▶

1 せんせんげつ
先々月
上上個月

2 せんげつ
先月
上個月

3 こんげつ
今月
這個月

4 らいげつ
来月
下個月

5 さらいげつ
再来月
下下個月

固定時間 ▶▶▶

1 まいあさ
毎朝
每天早上

2 まいばん
毎晩
每天晚上

3 まいにち
毎日
每天

4 まいしゅう
毎週
每週

5 まいつき／まいげつ
毎月／毎月
每月

6 まいとし／まいねん
毎年／毎年
每年

「月份」的說法 ▶▶▶

1
しょうがつ
正月

正月

2
いちがつ
一月

一月

3
に がつ
二月

二月

4
さんがつ
三月

三月

5
し がつ
四月

四月

6
ご がつ
五月

五月

7
ろくがつ
六月

六月

8
しちがつ
七月

七月

9
はちがつ
八月

八月

10
く がつ
九月

九月

11
じゅうがつ
十月

十月

12
じゅういちがつ
十一月

十一月

13
じゅう に がつ
十二月

十二月

「月」的累計

1 ひとつき／いっげつ
一月／一か月
一個月

2 ふたつき／にげつ
二月／二か月
二個月

3 さんげつ
三か月
三個月

4 よんげつ
四か月
四個月

5 ごげつ
五か月
五個月

6 ろっげつ／はんとし
六か月／半年
六個月／半年

7 ななげつ／しちげつ
七か月／七か月
七個月

8 はちげつ／はっげつ
八か月／八か月
八個月

9 きゅうげつ
九か月
九個月

10 じゅっげつ／じっげつ
十か月／十か月
十個月

11 じゅういちげつ
十一か月
十一個月

12 じゅうにげつ／いちねん
十二か月／一年
十二個月／一年

13 なんげつ
何か月
幾個月

時間推移（星期）

1 せんせんしゅう
先々週
上上星期

2 せんしゅう
先週
上星期

3 こんしゅう
今週
這星期

4 らいしゅう
来週
下星期

5 さらいしゅう
再来週
下下星期

「星期」的累計

1 いっしゅうかん
一週間
一個星期

2 にしゅうかん
二週間
二個星期

3 さんしゅうかん
三週間
三個星期

4 よんしゅうかん
四週間
四個星期

5 ごしゅうかん
五週間
五個星期

6 ろくしゅうかん
六週間
六個星期

7
ななしゅうかん　しちしゅうかん
七週間／七週間

七個星期

8
はっしゅうかん
八週間

八個星期

9
きゅうしゅうかん
九週間

九個星期

10
じゅっしゅうかん　じっしゅうかん
十週間／十週間

十個星期

> 「星期幾」的說法 ▶▶▶

1
にちようび
日曜日

星期日

2
げつようび
月曜日

星期一

3
かようび
火曜日

星期二

4
すいようび
水曜日

星期三

5
もくようび
木曜日

星期四

6
きんようび
金曜日

星期五

7
どようび
土曜日

星期六

8
なんようび
何曜日

星期幾

「日」的累計

1 いちにち
一日
一天

2 ふつか
二日
二天

3 みっか
三日
三天

4 よっか
四日
四天

5 いつか
五日
五天

6 むいか
六日
六天

7 なのか
七日
七天

8 ようか
八日
八天

9 ここのか
九日
九天

10 とおか
十日
十天

「日期」的說法

1 ついたち 一日
一日

2 ふつか 二日
二日

3 みっか 三日
三日

4 よっか 四日
四日

5 いつか 五日
五日

6 むいか 六日
六日

7 なのか 七日
七日

8 ようか 八日
八日

9 ここのか 九日
九日

10 とおか 十日
十日

11 じゅういちにち 十一日
十一日

12 じゅうににち 十二日
十二日

13 じゅうさんにち 十三日
十三日

14 じゅうよっか 十四日
十四日

15 じゅうごにち 十五日
十五日

⑯ じゅうろくにち 十六日 十六日	⑰ じゅうしちにち 十七日 十七日	⑱ じゅうはちにち 十八日 十八日
⑲ じゅうくにち 十九日 十九日	⑳ はつか 二十日 二十日	㉑ にじゅういちにち 二十一日 二十一日
㉒ にじゅうににち 二十二日 二十二日	㉓ にじゅうさんにち 二十三日 二十三日	㉔ にじゅうよっか 二十四日 二十四日
㉕ にじゅうごにち 二十五日 二十五日	㉖ にじゅうろくにち 二十六日 二十六日	㉗ にじゅうしちにち 二十七日 二十七日
㉘ にじゅうはちにち 二十八日 二十八日	㉙ にじゅうくにち 二十九日 二十九日	㉚ さんじゅうにち 三十日 三十日
㉛ さんじゅういちにち 三十一日 三十一日	㉜ なんにち 何日 幾號，哪一天	

附錄

時間順序（毎日）

1． 一昨日の朝（おとといのあさ） — 前天早上

2． 昨日の朝（きのうのあさ） — 昨天早上

3． 今朝（けさ） — 今天早上

4． 明日の朝（あしたのあさ） — 明天早上

5． 明後日の朝（あさってのあさ） — 後天早上

6． 一昨日の晩（おとといのばん） — 前天晚上

7． 昨日の晩／昨夜（きのうのばん／ゆうべ） — 昨晚

8． 今晩／今夜（こんばん／こんや） — 今晚

9． 明日の晩（あしたのばん） — 明天晚上

10． 明後日の晩（あさってのばん） — 後天晚上

9:00 A.M.

「整點」的說法 ▶▶▶

1 いちじ 一時 — 一點

2 にじ 二時 — 二點

3 さんじ 三時 — 三點

4 よじ 四時 — 四點

5 ごじ 五時 — 五點

6 ろくじ 六時 — 六點

7 しちじ 七時 — 七點

8 はちじ 八時 — 八點

9 くじ 九時 — 九點

10 じゅうじ 十時 — 十點

11 じゅういちじ 十一時 — 十一點

12 じゅうにじ 十二時 — 十二點

13 なんじ 何時 — 幾點

「小時」的累計 ▶▶▶

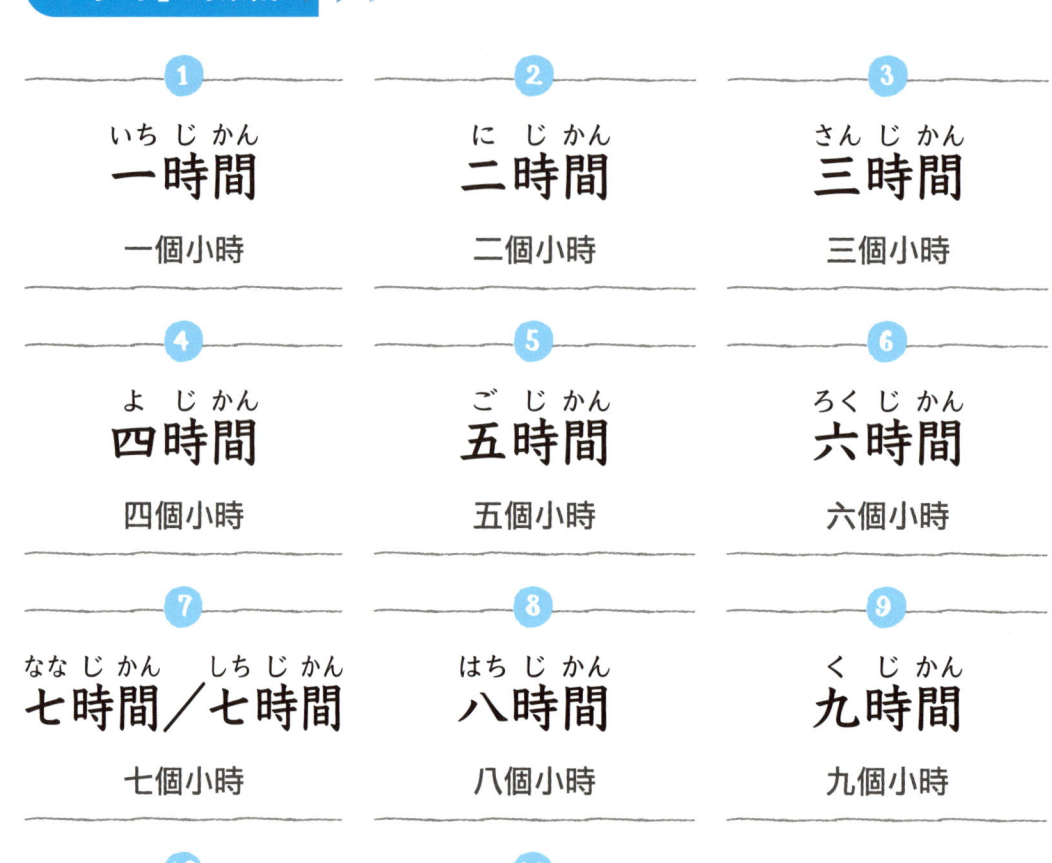

1
いち じ かん
一時間

一個小時

2
に じ かん
二時間

二個小時

3
さん じ かん
三時間

三個小時

4
よ じ かん
四時間

四個小時

5
ご じ かん
五時間

五個小時

6
ろく じ かん
六時間

六個小時

7
なな じ かん　しち じ かん
七時間／七時間

七個小時

8
はち じ かん
八時間

八個小時

9
く じ かん
九時間

九個小時

10
じゅう じ かん
十時間

十個小時

11
なん じ かん
何時間

幾個小時

「分鐘」的說法 ▶▶▶

1 いっぷん
一分
一分

2 に ふん
二分
二分

3 さんぷん
三分
三分

4 よんぷん
四分
四分

5 ご ふん
五分
五分

6 ろっぷん
六分
六分

7 しちふん／ななふん
七分／七分
七分

8 はっぷん
八分
八分

9 きゅうふん
九分
九分

10 じゅっぷん／じっぷん
十分／十分
十分

11 じゅう ご ふん
十五分
十五分

12 さんじゅっぷん／さんじっぷん
三十分／三十分
三十分

13 なんぷん
何分
幾分

附錄

「分鐘」的累計 ▶▶▶

1
いっぷん
一分

一分鐘

2
に ふん
二分

二分鐘

3
さんぷん
三分

三分鐘

4
よんぷん
四分

四分鐘

5
ご ふん
五分

五分鐘

6
ろっぷん
六分

六分鐘

7
しちふん　ななふん
七分／七分

七分鐘

8
はっぷん
八分

八分鐘

9
きゅうふん
九分

九分鐘

10
じゅっぷん　じっぷん
十分／十分

十分鐘

3 數字與量詞

數字（基本的數量詞） ▶▶▶

1 いち
一
一

2 に
二
二

3 さん
三
三

4 し／よん／よ
四／四／四
四

5 ご
五
五

6 ろく
六
六

7 しち／なな
七／七
七

8 はち
八
八

9 きゅう／く
九／九
九

10 じゅう
十
十

「百」的用法

1 ひゃく
百
一百

2 に ひゃく
二百
二百

3 さんびゃく
三百
三百

4 よんひゃく
四百
四百

5 ご ひゃく
五百
五百

6 ろっぴゃく
六百
六百

7 ななひゃく
七百
七百

8 はっぴゃく
八百
八百

9 きゅうひゃく
九百
九百

「千」的用法 ▶▶▶

1
せん
千
一千

2
に　せん
二千
二千

3
さんぜん
三千
三千

4
よんせん
四千
四千

5
ご　せん
五千
五千

6
ろくせん
六千
六千

7
ななせん
七千
七千

8
はっせん
八千
八千

9
きゅうせん
九千
九千

「萬」的用法 ▶▶

1
いちまん
一万
一萬

2
に まん
二万
二萬

3
さんまん
三万
三萬

4
よんまん
四万
四萬

5
ご まん
五万
五萬

6
ろくまん
六万
六萬

7
ななまん
七万
七萬

8
はちまん
八万
八萬

9
きゅうまん
九万
九萬

10
じゅうまん
十万
十萬

日圓

1 いちえん
一円
一日圓

2 にえん
二円
二日圓

3 さんえん
三円
三日圓

4 よえん
四円
四日圓

5 ごえん
五円
五日圓

6 ろくえん
六円
六日圓

7 しちえん／ななえん
七円／七円
七日圓

8 はちえん
八円
八日圓

9 きゅうえん
九円
九日圓

10 じゅうえん
十円
十日圓

11 いくら
多少錢

「物品」的單位 ▶▶▶

1
いっこ
一個
一個

2
にこ
二個
二個

3
さんこ
三個
三個

4
よんこ
四個
四個

5
ごこ
五個
五個

6
ろっこ
六個
六個

7
ななこ
七個
七個

8
はっこ
八個
八個

9
きゅうこ
九個
九個

10
じゅっこ／じっこ
十個／十個
十個

11
なんこ
何個
幾個

「物品」的單位（和語用法）▶▶▶

1 ひと 一つ — 一個

2 ふた 二つ — 二個

3 みっ 三つ — 三個

4 よっ 四つ — 四個

5 いつ 五つ — 五個

6 むっ 六つ — 六個

7 なな 七つ — 七個

8 やっ 八つ — 八個

9 ここの 九つ — 九個

10 とお 十 — 十個

11 いくつ — 幾個

號碼 ▶▶▶

1 いちばん
一番
一號

2 にばん
二番
二號

3 さんばん
三番
三號

4 よんばん
四番
四號

5 ごばん
五番
五號

6 ろくばん
六番
六號

7 ななばん
七番
七號

8 はちばん
八番
八號

9 きゅうばん
九番
九號

10 じゅうばん
十番
十號

11 なんばん
何番
幾號

人數

1 ひとり 一人 — 一人

2 ふたり 二人 — 二人

3 さんにん 三人 — 三人

4 よにん 四人 — 四人

5 ごにん 五人 — 五人

6 ろくにん 六人 — 六人

7 ななにん 七人／しちにん 七人 — 七人

8 はちにん 八人 — 八人

9 きゅうにん 九人 — 九人

10 じゅうにん 十人 — 十人

11 なんにん 何人 — 幾人

附録

杯數 ▶▶

① いっぱい 一杯
一杯／滿／很多

② に はい 二杯
二杯

③ さんばい 三杯
三杯

④ よんはい 四杯
四杯

⑤ ご はい 五杯
五杯

⑥ ろっぱい 六杯
六杯

⑦ ななはい 七杯
七杯

⑧ はっぱい 八杯
八杯

⑨ きゅうはい 九杯
九杯

⑩ じゅっぱい 十杯
十杯

⑪ なんばい 何杯
幾杯

張、件數 ▶▶▶

1
いちまい
一枚
一張／件

2
にまい
二枚
二張／件

3
さんまい
三枚
三張／件

4
よんまい
四枚
四張／件

5
ごまい
五枚
五張／件

6
ろくまい
六枚
六張／件

7
ななまい
七枚
七張／件

8
はちまい
八枚
八張／件

9
きゅうまい
九枚
九張／件

10
じゅうまい
十枚
十張／件

11
なんまい
何枚
幾張／件

附錄

隻、瓶數

1
いっぽん
一本

一隻／瓶

2
に ほん
二本

二隻／瓶

3
さんぼん
三本

三隻／瓶

4
よんほん
四本

四隻／瓶

5
ご ほん
五本

五隻／瓶

6
ろっぽん
六本

六隻／瓶

7
ななほん
七本

七隻／瓶

8
はっぽん
八本

八隻／瓶

9
きゅうほん
九本

九隻／瓶

10
じゅっぽん
十本

十隻／瓶

11
なんぼん
何本

幾隻／瓶

4 家庭樹與身體

家庭樹 ▶▶▶

1 わたし
我

2 ぼく
我（男性對平輩或晚輩的自稱）

3 おっと
夫
先生、丈夫

4 つま
妻
妻子、太太

5 あに
兄
哥哥

6 にい
お兄さん
尊稱自己或他人的哥哥

7 あね
姉
姊姊

8 ねえ
お姉さん
尊稱自己或他人的姊姊

9 おとうと
弟
弟弟

10 いもうと
妹
妹妹

11 いとこ
堂、表兄弟姊妹

12 むすこ
息子
兒子

13 むすめ
娘
女兒

附錄

141

14
まご
孫
孫子

15
そふ
祖父
（外）祖父

16
じい
お爺さん
尊稱自己或他人的（外）祖父，老公公

17
そぼ
祖母
（外）祖母

18
ばあ
お婆さん
尊稱自己或他人的（外）祖母，老婆婆

19
りょうしん
両親
雙親

20
ちち
父
爸爸

21
とお
お父さん
尊稱自己或他人的父親

22
はは
母
媽媽

23
かあ
お母さん
尊稱自己或他人的母親

24
しゅうと
舅
公公

25
しゅうとめ
姑
婆婆

26
おじ
伯伯、叔叔、舅舅、姑丈、姨丈

27
おば
伯母、嬸嬸、舅媽、姑姑、阿姨

身體

1 あたま 頭 — 頭

2 かみ／かみ の け 髪／髪の毛 — 頭髮

3 まゆげ 眉毛 — 眉毛

4 め 目 — 眼睛

5 した 舌／べろ — 舌頭

6 ほお 頬／ほっぺた — 臉頰

7 えくぼ — 酒窩

8 はな — 鼻子

9 くち 口 — 嘴巴

10 みみ 耳 — 耳朵

11 は 歯 — 牙齒

12 くちびる 唇 — 嘴唇

⑬ くび 首 脖子	⑭ かた 肩 肩膀	⑮ て 手 手
⑯ て ひら 手の平 手掌	⑰ ゆび 指 手指	⑱ つめ 爪 指甲
⑲ おなか 肚子	⑳ むね 胸 胸	㉑ せ なか 背中 背
㉒ こし 腰 腰	㉓ しり お尻 屁股	㉔ ふと 太もも 大腿
㉕ ふくらはぎ 小腿	㉖ ひざ 膝 膝蓋	㉗ あし うら 足の裏 腳掌

5 常見的中文姓氏唸法

あ
猪（い）　孟（い）　于（う）　王（おう）　欧（おう）　汪（おう）　翁（おう）　欧陽（おうよう）

か
夏（か）　賈（か）　何（か）　柯（か）　賀（が）　郝（かく）　郭（かく）　簡（かん）　韓（かん）
管（かん）　甘（かん）　顔（がん）　魏（ぎ）　丘（きゅう）　邱（きゅう）　許（きょ）　金（きん）　倪（げい）
阮（げん）　厳（げん）　呉（ご）　伍（ご）　胡（こ）　顧（こ）　辜（こ）　康（こう）　候（こう）
洪（こう）　孔（こう）　高（こう）　黄（こう）　江（こう）

さ
崔（さい）　蔡（さい）　施（し）　史（し）　朱（しゅ）　周（しゅう）　謝（しゃ）　徐（じょ）　蒋（しょう）
簫（しょう）　章（しょう）　鍾（しょう）　邵（しょう）　聶（じょう）　秦（しん）　沈（しん）　鄒（すう）　斉（せい）
石（せき）　戚（せき）　薛（せつ）　銭（せん）　詹（せん）　楚（そ）　蘇（そ）　荘（そう）　曹（そう）
曾（そう）　宋（そう）　孫（そん）

附録

145

た	たい 戴 と 杜	たん 段 とう 唐	たん 譚 とう 陶	ちょう 趙 とう 董	ちょう 張 とう 湯	ちん 陳 とう 鄧	てい 鄭	てい 丁	でん 田
な/は	にん 任 ぶ 武	ば 馬 ぶん 文	はく 白 ほう 彭	はん 潘 ほう 方	はん 范 ほう 包	ばん 萬	ひょう 馮	ふ 傅	ふ 巫
ま/や	もう 毛	ゆう 游	ゆう 熊	よ 余	よう 姚	よう 楊	よう 葉		
ら	ら 羅 りょう 廖	らい 頼 りん 林	らい 雷 りょ 呂	らん 藍 ろ 盧	り 李	りく 陸	りゅう 劉	りゅう 龍	りょう 梁

6 常見的日文姓氏唸法

あ 安達(あだち) 五十嵐(いがらし) 池田(いけだ) 石川(いしかわ) 伊藤(いとう)
井上(いのうえ) 大河(おおかわ) 大塚(おおつか) 大山(おおやま) 岡山(おかやま) 小淵(おぶち)

か 加藤(かとう) 金田(かねだ) 菊池(きくち) 木下(きのした) 木村(きむら) 工藤(くどう)
久保田(くぼだ) 黒川(くろかわ) 桑原(くわはら) 小泉(こいずみ) 小出(こいで)
後藤(ごとう) 小林(こばやし) 小松(こまつ) 小山(こやま) 近藤(こんどう)

さ 斉藤(さいとう) 酒井(さかい) 坂井(さかい) 佐々木(ささき) 佐藤(さとう)
清水(しみず) 鈴木(すずき)

附錄

| た | 高橋(たかはし) 田中(たなか) 田村(たむら) 手塚(てつか) 豊田(とよた) |

| な/は | 中島(なかしま) 中嶋(なかじま) 中野(なかの) 中村(なかむら) 野田(のだ) 野村(のむら) |
| | 橋本(はしもと) 長谷川(はせがわ) 林(はやし) 福田(ふくだ) 藤田(ふじた) 本田(ほんだ) |

ま/や	前田(まえだ) 松井(まつい) 松本(まつもと) 三浦(みうら) 村上(むらかみ) 安田(やすだ)
	山口(やまぐち) 山下(やました) 山田(やまだ) 山中(やまなか) 山本(やまもと) 吉田(よしだ)
	吉野(よしの)

| わ | 和久井(わくい) 渡辺(わたなべ) |

7 形容詞廣場

① 明^{あか}るい — 明亮，開朗，精通

暗^{くら}い — 暗，憂鬱，沉悶

② 新^{あたら}しい — 新

古^{ふる}い — 舊

③ 暑^{あつ}い — 熱

寒^{さむ}い — 冷

④ 熱^{あつ}い — 熱

冷^{つめ}たい — 冰，冷，無情

⑤ 危^{あぶ}ない／危険^{きけん} — 危險

安全^{あんぜん} — 安全

⑥ 甘^{あま}い — 甜，天真

苦^{にが}い — 苦

⑦ いい — 好

悪^{わる}い — 壞，不好

⑧ 忙^{いそが}しい — 忙

暇^{ひま} — 閒暇

⑨ 痛^{いた}い — 痛，難受，吃不消

痒^{かゆ}い — 癢

附錄

149

10
いろいろ
色々
各式各樣,很多

さまざま
様々
各式各樣

11
うつく
美しい
漂亮,優美

みにく
醜い
醜陋,難看

12
うまい
美味,高明,進行順利

じゅんちょう
順調
順利

13
うれ
嬉しい
開心

かな
悲しい
難過,悲傷

14
えら
偉い
偉大,吃力,嚴重

りっぱ
立派
壯觀,出色,優秀

15
おい
美味しい
好吃

まず
不味い
難吃,不妥,不妙,笨拙

16
おお
多い
多

すく
少ない
少

17
おお
大きい
大

ちい
小さい
小

18
おおげさ
大袈裟
誇張

おか
可笑しい
可笑,滑稽,奇怪,可疑

19
大人（おとな）しい
溫順，穩重，老實

活発（かっぱつ）
活潑

20
重（おも）い
重

軽（かる）い
輕，輕浮

21
面白（おもしろ）い
有趣

つまらない
無聊

22
賢（かしこ）い
聰明，明智

優秀（ゆうしゅう）
優秀，傑出

23
硬（かた）い
硬

柔（やわ）らかい
軟

24
勝手（かって）
任性，隨意

自由（じゆう）
自由，隨意

25
辛（から）い／塩辛（しおから）い
辣，嚴格／鹹

辛（つら）い
痛苦，難受

26
可愛（かわい）い
可愛

幸（しあわ）せ
幸福

27
簡単（かんたん）
簡單

複雑（ふくざつ）
複雜

附錄

151

28
気持ちいい（き　も）
心情好，舒服

気持ち悪い（き　も　　わる）
心情不好，不舒服，噁心

29
汚い（きたな）
髒，卑鄙，不整齊

綺麗（き れい）
漂亮，乾淨，整潔

30
貴重（き ちょう）
貴重，寶貴

丁寧（ていねい）
鄭重，恭敬，細心

31
きつい
緊，厲害，吃力，苛刻

苦しい（くる）
痛苦

32
臭い（くさ）
臭

嫌（いや）
討厭，不情願

33
悔しい（くや）
懊悔，不甘心，遺憾

残念（ざんねん）
遺憾，可惜，失望

34
けち
小氣，吝嗇

有名（ゆうめい）
有名

35
濃い（こ）
濃，深

薄い（うす）
薄，淡，淺

36
怖い（こわ）
恐怖，害怕

臆病（おくびょう）
膽小，懦弱

37
寂[さび]しい

寂寞

38
静[しず]か

安靜

39
邪魔[じゃま]

打擾，妨礙

40
賑[にぎ]やか

熱鬧

うるさい

吵，愛嘮叨，精通，挑剔

恐[おそ]ろしい

非常，可怕，驚人

40
上手[じょうず]

厲害，擅長

下手[へた]

笨拙

41
上品[じょうひん]

高雅

下品[げひん]

下流，粗俗

42
丈夫[じょうぶ]

堅固，健壯

大丈夫[だいじょうぶ]

沒關係，沒問題，不要緊

43
しょっぱい

鹹

酸[す]っぱい／甘酸[あます]っぱい

酸／酸甜

44
真剣[しんけん]

認真，嚴肅

素直[すなお]

坦率，溫順

45
深刻[しんこく]

嚴重，嚴肅

心配[しんぱい]

擔心

㊻ しんせつ **親切** 親切，熱心	**㊼** すず **涼しい** 涼爽	**㊽** たいくつ **退屈** 無聊，厭倦
まじめ **真面目** 認真，誠實	あたた **暖かい** 暖和	ねむ **眠い** 想睡
㊾ だいじ **大事** 大事，保重，重要，珍惜	**㊿** だいす **大好き** 最喜歡	**51** たいへん **大変** 辛苦，不得了，相當
たいせつ **大切** 重要，珍惜	だいきら **大嫌い** 最討厭	へん **変** 奇怪
52 たか **高い** 貴	**53** たか **高い** 高	**54** たの **楽しい** 快樂
やす **安い** 便宜	ひく **低い** 低，矮	らく **楽** 輕鬆，容易，舒適

55
つよ
強い
強

よわ
弱い
弱

56
とお
遠い
遠

ちか
近い
近

57
とくい
得意
擅長，拿手，得意

にがて
苦手
不擅長，不拿手，難以應付

58
とくべつ
特別
特別，格外

がんこ
頑固
頑固，固執

59
なが
長い
長

みじか
短い
短

60
なつ
懐かしい
懷念，思念

した
親しい
親密，熟悉

61
ねっしん
熱心
熱心，熱情

なまいき
生意気
傲慢，自大

62
はや
早い
快，早

おそ
遅い
慢，晚

63
はで
派手
花俏，艷麗

じみ
地味
樸素，低調

附錄

64
ひどい
過分，嚴重，殘酷

恥ずかしい（は）
害羞，難為情，慚愧

65
広い（ひろ）
寬

狭い（せま）
窄

66
無事（ぶじ）
無事，平安

不思議（ふしぎ）
不可思議，奇妙

67
太い（ふと）
粗，胖

細い（ほそ）
細，瘦

68
便利（べんり）
方便

不便（ふべん）
不方便

69
貧しい／貧乏（まず／びんぼう）
貧窮，貧困

豪華（ごうか）
豪華，奢華

70
珍しい（めずら）
罕見，珍貴

素晴らしい（すば）
出色，卓越

71
滅茶苦茶（めちゃくちゃ）
亂七八糟，毫無道理

面倒（めんどう）
麻煩，費事

72
無理（むり）
勉強，不可能

可能（かのう）
可能